マドンナメイト文庫

僕専用ハーレム水泳部 濡れまくりの美処女

竹内 けん

目次

contents

第1章　魅惑のビショ濡れ競泳水着……7

第2章　爆乳先輩部員の甘美な特訓……53

第3章　破瓜の血に染められたプール……101

第4章　日焼け少女の秘蜜の痴態……148

第5章　女子更衣室は百合パラダイス……195

第6章　美少女だらけのハーレム水泳部……240

僕専用ハーレム水泳部 濡れまくりの美処女

第一章　魅惑のビショ濡れ競泳水着

「さて、一年間の成果を見せるときだ。気合いを入れていくよ！」

雲一つない抜けるような真夏の青空の下《もと》、県立総合プールでは、高校生水泳選手権県大会が開催されようとしていた。

観客席には各高校の応援団や、一般の観客が立錐《りっすい》の余地なく溢《あふ》れかえっている。

五十メートルプールのある競技会場の片隅では、競泳用水着の女の子たち十八人が円陣を組んでいた。

二見《ふたみ》高校女子水泳部の面々《めんめん》だ。

中央にあって勇《いさ》ましい声をあげたのは、黒生地に赤い差し色の入った布地で作られた、膝の半ばまで隠れたスパッツタイプの競泳用水着をきた大柄な女である。

高い背丈に、骨太な体軀《たいく》。広い肩幅に、厚い胸板。二の腕、太腿ともに太く、筋肉と脂肪ががっつりついている。

水着が内側からはちきれんばかりの逞《たくま》しさだ。

セミロングの黒髪に、浅黒く日焼けした精悍《せいかん》な顔。目鼻口共に大きく、健康的な歯並は白く輝く。

決して醜《みにく》くはないが、美人と称《たた》えるよりも、男前と言いたくなる精悍な顔立ちだ。

この見るからに女子水泳選手。アスリート体型の人物こそ、二見高校の三年生、女子水泳部キャプテン成田明美《なりたあけみ》である。

「はい。二見高校水泳部魂を見せつけてやりましょう!」

率先《そっせん》して応じたのは、こちらも浅黒く日焼けした肌を灰色のスパッツ型の競泳用水着で包み、短い黒髪を後ろに縛って、ショートポニーにしている女だ。

二見高校二年生で女子水泳部の副主将の三戸梓《みとあずさ》である。

主将に比べるとずいぶんと小柄。といっても、中肉中背。女子高生らしい背丈であり、体重だろう。

どこか短刀を連想させる鋭利《えいり》さがある。

髪を縛っているせいか、大きな目は釣り目型で、口元には愛嬌《あいきょう》がない。見るからに真面目で気が強く、融通《ゆうずう》が利《き》かなそうな雰囲気だ。

灰色の水着に包まれた腹部は細く、尻は小さいのだが、胸部だけは大きく盛り上げている。

そんなアンバランスな体型が、いかにも成長期の女子高生らしい。

「最善を尽くすわ」

そうクールに応じたのは、背のスラリと高い女だ。

スレンダーな体軀をスカイブルーの競泳用水着に包んでいる。若干《じゃっかん》、ハイレグが入っているハイカット型だ。

ショートヘアの頭髪は塩素に負けたのか色素が薄い。透明感のある肌質で、面細の顔立ち。目が切れ長で、睫《まつげ》が長い。鼻筋が通って、口は大きい。

宝塚の男役系にいそうなクールビューティだ。

胸の膨《ふく》らみは大きいとはいえないが、細い手足がすっと長く、体長の半分以上が足の長さで占めるという圧倒的なスタイルのよさだった。

雑誌のファッションモデルでもやっていけそうな美貌《びぼう》と体型である。

彼女は二年生の千葉佳乃《ちばよしの》。

競泳選手としては並であったが、そのスタイルのよさを利用して、高飛び込みの選手として活躍している。

「任せておいてよ！」

元気に応じたのは、オレンジ色のハイカット型の競泳用水着をきた小柄な少女だ。

癖っ毛をカラフルなゴムで無理やり縛り、ツインテールにしている。

身長は、集まっている二見高校女子水泳部の中で一番小さい。おそらく体重も一番軽いだろう。

一年生の富田《とみた》くるみだ。

弾《はじ》けるような笑顔が印象的で、中学生気分が抜けていない。そして、体型も中学生レベルだ。人によっては小学生レベルと称するかもしれなかった。

なにせ胸の膨らみは、まったく水の抵抗を気にしなくていい。よく言えば最速の機能美といえるだろう。

小学校時代からスイミングスクールに通い、中学校も水泳部。そして、高校でも当たり前に水泳部に入った。

まさに女子水泳部期待の新人である。何事もなければ、来年の部長はこの子だろう。

「ふっ、世界をわたくしの美貌に平伏《ひれふ》せてみせますわ」

そう応じたのは、華やかな黄色のハイカット型の競泳用水着をきて、足を前後に開き、無駄に両手を頭上にあげて、腋《わき》の下を晒《さら》したセクシーポーズをとった女だった。

長い髪は甘栗色に染められ、パーマがかかって波打っている。

色白の肌に、高い背丈、大きく膨れた胸元、くびれた腰、吊り上がった臀部。そして、のびやかでむっちりとした腕と足。

競泳用水着だというのに、凹凸《おうとつ》に恵まれた体軀と、その気取った立ち姿のため、まるでレースクイーンのような風格を漂《ただよ》わせている。

高校生離れした圧倒的な曲線美であるが、実は一年生の四天王寺紗理奈《してんのうじさりな》だ。

同じ年齢のくるみと並ぶと、ちょっと悲しくなるほどの格差である。

彼女に向かって、主将の明美が声をかけた。

「うちでシンクロに出るのは、四天王寺、おまえだけだ。不安だろうが、負けてもともとだ。ドンッとぶつかっていけ」

「わかっていますわ。でも、戦う以上、わたくし、負けるつもりはありませんわ。秘策を用意してきましたの」

「秘策？」

副主将の梓が、物問いたげな顔になる。

「乞《こ》うご期待ですわ。楽しみにしておいてくださいませ。おーほほほ」

胸を張って反《そ》り返り、気持ちよさそうに高笑いする紗理奈を、みな不安そうな顔で見つめるが、それ以上の追求はしなかった。

代わって競泳水着姿の女子高生たちの中にあって、一人だけ二見高校の夏の制服である、白いワイシャツと灰色のミニスカートを着た女が声をかける。

「それじゃ、各自、本番前にアップするのを忘れちゃダメよ」

白い丸顔に、黄色い縁《ふち》太の眼鏡をかけた大柄の女だ。黒い長髪をカチューシャで止めて、富士額《ふじびたい》を晒している。

三年生の班目香生子《まだらめかなこ》。水着をきていないのは、水泳選手ではなく、マネージャーだからだ。

「はい！」

水泳部のお母さんのような存在に仕切られて、選手たちは素直に応じる。

香生子はテキパキと指示を出す。

「大橋《おおはし》さん、あなたは今回、試合にはでないのだから、みんなのサポートをお願いね」

「わ、わたし、で、ですか？」

びっくりした顔で応じたのは、白生地にピンク色の差し色の入ったハイカット型の水着をきて、長髪をハーフアップにしている少女だった。

一年生の大橋亜衣《あい》だ。

ほっそりとした体形なのに、胸元は大きく、腰は細く、尻は大きい。手足もほどほどに肉が付き、ミルクのような肌をしている。

彼女は、高校に入ってから水泳を始めたらしく、県大会に出場するための標準記録に達さなかったのだ。

いつも俯《うつむ》き加減で、妙におどおどしている。しかし、外見的にはお嬢様風の美人だけに、自信なさげな雰囲気にひかれ、保護欲をそそられるものも多いだろう。

「試合に出ないからって油断していてはダメ。みんなで助け合い、勝つのよ」

「は、はい、がんばります」

亜衣は必死の表情で頷《うなず》く。

「二見高校水泳部、ファイトー！」

「おう！」

主将を囲んで円陣を組んだ水着の少女たちは、前かがみとなり尻を突き出しながら気勢《きせい》をあげていた。

＊

「いや〜、女子は華やかだね〜」

同じ高校の女子部員たちの様子を眺《なが》めていた湊玲遠《みなとれおん》の背後から、優しげな男の声がかかった。

振り返ると、眼鏡をかけた競泳パンツ姿の男性がいる。

「あ、先輩、いや、別に変な想いで見ていたわけじゃありませんよ」

慌てる玲遠の肩を、したり顔の男は軽く叩く。

「わかっている。この大会が終わったらぼくは引退だ。女子部員はいっぱいいていいなって思っていたんだろ」

「そ、そう……ですね」

玲遠は歯切れ悪く頷いた。

二見高校の男子水泳部員は、女子部員と違って、自分とこの先輩の二人しかいなかった。

十倍の規模の女性陣が羨《うらや》ましくない、といえば嘘になる。

そして、この大会が終わると、このたった独《ひと》りの先輩もいなくなり、男子水泳部員は玲遠だけとなってしまうのだ。

寂寥《せきりょう》感を覚えないと言ったらウソになるだろう。

試合前のミーティングを終えた女子は解散となり、灰色の競泳用水着をきた副主将の梓が、きつい表情を浮かべると躍動《やくどう》的な足取りで歩みよってきた。

「ちょっと、湊っ！」

いきなり呼び捨てである。

玲遠と梓は、小学校、中学校とも違った。しかし、小学校時代に同じスイミングスクールに通っていた関係で、昔から顔見知りなのだ。

「なにをジロジロ見ているのよ。イヤラシイ」

どうやら、変な誤解をされたと察した玲遠は慌てる。

「いや、別にやましい気持ちはないって」

「ふん、どうだか」

玲遠には軽蔑《けいべつ》の眼差《まなざ》しを向けた梓だが、傍《かたわ》らにいた三年生男子には丁寧にお辞儀する。

「先輩、最後の夏のご活躍を祈願しております」

「あはは、ありがとう」

三年生男子は、軽く手をあげて柔和《にゅうわ》な笑顔で応じた。

梓は上級生にたいした態度とは一転して、玲遠に冷たい視線を向ける。

「湊、あんたもせいぜい頑張んなさい。泳ぐしか能がないんだから」

「おまえもな」

「ふん、あんたといっしょにしないでよ」

鼻で笑った梓は、独特の躍動的な足取りで、水着に包まれた小尻を見せつけながら去っていく。

こうして、玲遠にとっての高校二年生の県大会は始まった。

＊

「うわわわわぁぁぁ……！！！」

歓声が県民プールを包んでいる。

なかなかの盛況《せいきょう》ぶりだ。

湊は、小学校のときスイミングスクールに入り、中学も水泳部だった。そのため人並み以上に泳げると自負《じふ》している。だからこそ、高校になっても、弱小であることを承知で水泳部に入った。

すべての競技に出るわけにもいかず、時間を持てあました玲遠は、二階にあった二見高校の応援席に出向く。

「み、湊先輩っ⁉」

「あ、きみは？」

空いている席に腰を下ろそうとすると、隣に黒い美しい長髪をハーフアップにして、白い生地にピンクの差し色の入ったハイカット型の競泳水着をきた少女がいた。

「す、すいません」

いきなり謝ってきたのは、女子水泳部の新人大橋亜衣であった。

「いや、謝らなくていいから、隣、いいかい？」

「あ、はい。ど、どうぞ……」

許可をもらったので、玲遠は腰を下ろす。

そして、改《あらた》めて傍らの少女を見る。

（いままで気づかなかったけど、この子、近くで見るとすごい美人だな）

ほっそりとした体形なのに、胸元の二つの塊《かたまり》が水着を突き破りそうなほどに大きい。

お嬢様っぽい優艶《ゆうえん》な美貌だ。それでいて、白い競泳用水着に身を包んだ体を恥ずかしそうに縮めている。

白い太腿を閉じ、両手を股間のあたりに置いて気の毒なほどに、緊張に身を硬くしているのがわかった。

こわばった顔で、目が泳いでいる。

(いや、そこまで警戒されるって。俺、そんなにおっかないか?)

下級生からの態度に、玲遠は少しショックを受けたが、考えてみると、いままで親しく口を利いたことのない少女である。

そこで少しでも打ち解けようと思い、世間話を試《こころ》みることにした。

「大橋さんだっけ? キミ、班目先輩の手伝いをしているんじゃ……」

ビクンと細い肩を震わせた亜衣は、裏返った声を出す。

「そ、そうなんですけど、わ、わたしが触れると、なぜか、かえって散らかってしまって。だ、だから、観客席でおとなしく応援してなさい、と班目先輩に言われてしまいました」

「あ、あー、そっか」

見るからにお嬢様然《ぜん》とした少女である。雑事は苦手なのだろう。玲遠は話題を変えることにした。

「大橋さんは、高校になってから水泳を始めたんだっけ？」

「すいません。わたし、最近までほとんど泳げなくて」

だからか、と玲遠は納得する。

白い水着は、清純派の彼女に似合っているが、白い水着をきる水泳選手はあまりいない。なぜなら、白生地というのはどうしても透けやすいからだ。

水泳を始めたばかりの彼女は、その辺の事情がわかっていないのだろう。

「わたし、標準記録に達せなくて、すいません」

「いや、謝る必要はないよ。今年は残念だったね。来年に向けて頑張ろう」

「は、はい……」

太腿をぴったりと閉じた亜衣は、両手を股間のあたりで重ねて、胸元を二の腕で隠して前かがみになっている。

（いや、そんなに恥ずかしいなら、ジャージを着てくれ）

手で隠すのには限界がある。というか、無理に隠そうとして恥じらっている仕草《しぐさ》が、卑猥さを際立《きわだ》たせている。

会場には水着姿の女性は沢山いるが、みな自己タイムやライバルとの戦いに集中していたから、他人の目線など気にしていない。そんななかで、彼女だけが羞恥プレイに身悶《みもだ》えているようだ。

（どうしよう？　俺、席を代わったほうがいいのかな？）

いたたまれない気分を味わっていると、階下のプールサイドから元気な声がかかった。

「あいち～ん、あっ、湊先輩といっしょにいたんだ～」

オレンジ色の競泳用水着をきた小柄な少女が両腕をあげて元気に振り回している。

女子水泳部の一年生、富田くるみだ。

「す、すいません」

「また謝る～。先輩、あいちんのことをよろしくね。それから、もうすぐぼくの一番得意な平泳ぎの試合だから見逃さないでね」

「おう、頑張れよ」

くるみは、玲遠の小学校時代に通っていたスイミングスクールの後輩だ。そのおかげで高校になったいまも、「先輩、先輩」と気楽に声をかけてくる。

スタート台に向かうかわいい後輩を見送りつつ、玲遠は隣の少女に声をかけた。

「くるみとは仲がいいの？」

「は、はい。富田さんはなぜか、わたしなんかのことをいろいろと気にかけてくださって、水泳部にも誘ってくれました」

いや、なぜそこまで卑下《ひげ》する。それになんでこんなにいたたまれない態度なの。まるで俺がイジメているみたいじゃん。

およそ運動部らしくない気弱な後輩の扱いに、玲遠は困る。

そうこうしているうちに、くるみの試合が始まった。

さすがは最速の機能美を誇る一年生は、すいすいと泳ぐ。まるでイルカのようだ。

「よし、予選突破だ」

歓喜《かんき》した玲遠がハイタッチを求めると、亜衣はきょとんとしている。

「……？」

「あの……手を出して」

玲遠が促《うなが》すと、ようやくなにを求められているのか察した亜衣は、恐るおそる右手をあげて、手のひらを開いた。そこにポンと玲遠が手のひらを合わせる。

「っ⁉」

目を見開いた亜衣は即座に、前を向き直ると、両手を股間のあたりで組み、真っ赤にした顔を俯かせ、白い太腿をモジモジとくねらせる。

（いや、だから、そんなに恥ずかしがるな。こっちがいけないことをした気分になるだろ）

面倒臭い一年生に、玲遠は内心で頭を抱《かか》える。

その後も、二見高校の女子たちは順調な活躍を見せた。副将の梓、主将の明美は無事に予選を突破して決勝に進出である。

競泳との同時進行で、別のプールでは高飛び込みの試合も行われていた。

「二見高校二年、千葉佳乃選手」

「次は千葉か」

アナウンスに続いて、五メートルの高さの飛び込み台の上に、スカイブルーのハイカット型の競泳用水着をきたスレンダー美人があらわれる。

足の長さが、体の半分以上を占めるファッションモデルのような、クールビューティだ。

二年生で、玲遠とは同じクラスではあるのだが、親しい関係ではない。

梓以上にガードが固く、男をいっさい近づけさせない女だ。

「ち、千葉先輩……」

佳乃の姿を遠目に見た亜衣が、ビクリと震える。

「どうかしたのかい?」

「い、いえ、すいません。なんでもありません」

「そ、そうか……」

怯《おび》えたような亜衣の態度に違和感を覚えたが、深く追求する理由もない。

玲遠は改めて、ジャンプ台に視線を向ける。

(千葉のやつ、ほんとスタイルだけは抜群にいいな。雑誌のモデルとか普通にできそうだ)

あれで性格がもう少し柔らかかったら、ぜひ仲よくしてほしいところである。

そんなことを考えている玲遠の前で、佳乃は跳ねた。

「ふん」

両膝を抱えて前方に一回転。水面に飛沫《ひまつ》をほとんど出すことなく、スポンと入った。

すぐに水面に浮かんできたが、プールからはなかなか出てこない。

セコンドを務めていたマネージャーの香生子からタオルを受け取り、それを体に巻いてプールを出る。

そして、会場から去っていった。

亜衣が小首を傾《かし》げる。

「どうしたんでしょう？」

「たぶん、水着が破れたんだな。高飛び込みではよくあることらしい」

「そ、そうなんですか？」

競技の内容は悪くなかったとは思うのだが、水着が破れたせいか、点数はあまりよくなかった。

もっとも、玲遠にとって高飛び込みは専門外だ。点数の付け方はよくわからない。

「女子自由形、決勝を始めます」

「お、三戸のやつの出番だな」

灰色の水着をきた少女が、背筋を伸ばした躍動的な足取りで入場してくる。

この大会が終わり、三年生の明美が引退すれば、自動的に彼女が主将になるのだろう。

玲遠とは仲がいいとはいえないが、古い付き合いである。ぜひ優勝して全国大会に出てもらいたいものだ。

スタート前、梓が手足を回して、軽い準備体操をしているところに、亜衣が恐るおそる声をかけてきた。

「あ、あの……質問してよろしいでしょうか？」

「なんだい？」

「湊先輩は、その……み、三戸先輩とお付き合いしているのでしょうか？」

ぶっ！

思わず噴いた玲遠は、恐ろしいことを言う後輩に血相《けっそう》を変えて詰め寄った。

「ど、どこを見たらそういう勘違いをできる。三戸のやつは、俺のことを思いっきり避けているぞ。そんなこと三戸に言ってみろ、おまえぶっ殺されるぞ」

「す、すいません……お似合いだと思ったものですから……」

気弱な一年生が首を竦《すく》めたので、玲遠は苦笑して肩を竦める。

「いや、そんな謝らなくていい。三戸とはまぁ、小学校のときにスイミングスクールに通っていたときからの、まぁ、腐れ縁《えん》だな」

「お、幼馴染みというやつなんですね……すいません、よけいなことを」

なにやら独り反省している亜衣は、椅子の上でモジモジと腰をくねらせる。

それを横目に見た玲遠は、大変なことに気づいてしまった。

水着姿のまま椅子に座り、モジモジしているものだから、白い布地が後ろに引っ張られてしまったのだろう。

ぷっくりとしたビーナスの丘に、縦筋が入ってしまっている。すなわち、マンスジが深く刻まれてしまっているのだ。いや、それどころか夏の強い日差しを浴びて白い水着はほとんど透けてしまい、ぷっくりとした鼠径《そけい》部に張り付いた陰毛や、腹部のまん丸いお臍《へそ》、大きく盛り上がった乳房の先端を彩《いろど》るピンク色の突起まで確認することができた。

（……これは指摘できないよな）

玲遠は見なかった、いや、見えないことにして、プールに視線を向ける。

「バタフライ二百メートル決勝を行います」

アナウンスに続いて、予選を突破した八人のアマゾネスが入場してきた。

（うわ、成田先輩みたいなのがいっぱい。みんなすごい筋肉だ。背中に鬼が見えそう）

二見高校の女子水泳部の主将に勝《まさ》るとも劣《おと》らぬごっつい女たちが、そろっている。いずれも肩幅ががっつりしていて、臀部も、太腿も太い。典型的な女子バタフライ選手の体型といえるだろう。

「第六コース、二見高校三年、成田明美選手」

アナウンスに応じて、二見高校女子のキャプテンは立ち上がり、逞しい両腕をあげて観客に応《こた》える。

「せんぱ〜い、頑張ってくださ〜い」

会場の各地から、梓やくるみなど後輩たちが黄色い声援をあげる。

「成田先輩、頑張れ」

玲遠も声援を送った。

「が、がんばってください……」

亜衣も、必死に声を出したようだ。

そんな後輩たちの声援もあって、明美は三位でゴールした。

「よし、表彰台だ」

部員の女子たちは跳ね上がって喜んでいる。

全国大会に出るためには一位にならなくてはならない。だから、これで明美の高校水泳は終わった。

しかし、県大会三位ならば、十分に有終の美を飾ったといえるだろう。

競泳が終わったら、ついでアーティスティックスイミングとなった。

ひと昔前までは、シンクロナイズドスイミングと言われていた競技だが、名称が変わった。とはいえ、いまだ定着しているとは言いかね、シンクロと呼ばれることが多い。

二見高校からは、一人だけ参加する。

「二見高校一年、四天王寺紗理奈選手」

「来ましたわね。わたくしの出番ですわ」

甘栗色の頭髪にパーマのかかった少女が、紺色に赤の差し色の入った二見高校のジャージの上下をきて入場してきた。

(ん?)

玲遠をはじめ、二見高校の水泳部一同は少し違和感を覚えた。

というのも、この紗理奈という少女は、二見高校水泳部きっての問題児である。

弱小部活としては、新人が入ってくれるのは大歓迎なのだが、その奇行《きこう》の数々には、あの梓も頭を抱えていた。

一言でいうと、超の付くナルシストなのだ。

ただでさえ、運動が盛《さか》んといえない二見高校の、弱小水泳部にあって、好んでシンクロをやりたがった女である。

この競技をやりたい理由は、自分の美しい体を世界に見せつけたいからだ、と大真面目に公言《こうげん》していた。

実際、高校一年生とは思えぬ成熟した肉体の持ち主であることはたしかだ。

またお洒落《しやれ》も大好きで、夏休みに入ると、即座に頭髪を甘栗色にし、パーマをかけてきた。校則で茶髪もパーマも禁止なのだが、夏休み中なら問題ない。

そんな自分大好き、世界一美しい自分の体をみんなに見せつけたいと考えている女が、この晴れ舞台でジャージを着てくる。まだ競技が始まる前だとしてもだ。

「……」

みなが見守るなか、プールサイドに立った紗理奈は、ジャージを豪快に脱ぎ捨てた。

「っ⁉」

玲遠は目を疑った。

いや、おそらく会場中のだれもが目を疑ったことだろう。

「四天王寺さん……」

玲遠の傍らで、亜衣も口元を押さえて絶句していた。

ジャージの下から出てきた水着。それはシャンパンゴールドに燦然《さんぜん》と輝いていた。

しかも、ツーピース。

生地が極端に少なく、乳首と股間の局部以外、隠せていない。高校一年生とは思えぬよく実った乳房はもちろん、白い臀部まで丸出しである。

いわゆるマイクロビキニと呼ばれる代物《しろもの》だ。

「おいっ」

玲遠は思わずツッコミの声をあげてしまった。

ネット画像で見たことはあったが、現実に着用している人間を見たのは初めてだ。

そんな破廉恥極《はれんちきわ》まる装《よそお》いで、紗理奈は両腕を広げて、ロケットのように突き出す双乳を天に打ち上げようとするかのように反り返る。

「ざわ」

会場中が騒然となる。

「ピピーッ」

笛が鳴り、審判の方々の注意と怒声《どせい》に負けぬ勢いで、バスタオルを持った梓が駆《か》け寄ると、問題児を容赦《ようしゃ》なく包み込む。

「きゃ、先輩、なにをしますの！　わたくしはこれから試合ですわ！」

「おまえには女としての恥じらいはないのか！」

梓の怒声にも、紗理奈は負けない。

「わたくし、見られて恥ずかしい体なんてしておりませんわ。いえ、むしろみなに見てもらいたい。この磨《みが》き上げられた美しい体を」

「やかましい！　いいからこい！」

タオルに包んだ後輩を、怒れる先輩は強引に会場の出入口の通路に引きずっていく
やり取りを聞いていた会場中から、どっと笑いが起こる。

「四天王寺選手、失格」

アナウンスは淡々《たんたん》と告げた。

「ははは……」

同じ高校のものとして、玲遠は乾いた笑いを浮かべることしかできなかった。

「すいません、すいません、すいません」

二見高校の女子キャプテンである明美と顧問《こもん》の先生が、審判団の下に出向いて一生懸命に頭を下げた。

最後にとんでもないハプニングはあったが、県大会は無事終了。

みな水着から学生服に着替えて、県立プールを出る。

「成田先輩、銅メダル、おめでとうございます」

「ありがとう」

逞しい胸を張った明美の鳩尾《みぞおち》には、銅色のメダルが輝く。

マネージャーの香生子が、黄色い眼鏡で成績表を読み上げる。

「二年の三戸梓と、一年の富田くるみも入賞。まぁ、十分な成績でしょ」

感極まった明美は逞しい腕で、後輩たちを抱きしめる。

「みんな、二見高校女子水泳部を頼んだわよ」

「先輩たち、卒業はまだまだなんですから部活に遊びに来てくださいね」

夏の夕陽が沈むなか、女子水泳部は青春ドラマを演じていた。

明美、香生子など三年生六人は、本日で部活終了なのだ。

その横で玲遠もまた、予選落ちで終わった先輩と別れの挨拶をする。

「湊くん、優勝おめでとう。全国大会でも頑張ってくれ」

「ありがとうございます。あの、先輩……」

かける言葉に悩む後輩に、男子キャプテンは笑う。

「ぼくはこれで引退だ」

「あの先輩、もう少し続けることはできませんかね」

「あはは、無理だよ。ぼくがいなくなれば、男子はキミだけだね。女子は十二人で男子一人、まさにハーレムじゃないか、羨ましい」

先輩の冗談に、玲遠は手で顔を覆《おお》う。

「そんな楽しい未来が想像できません」

「来年は頑張って一年生を勧誘するんだね」

ごねたところでどうなることでもない。玲遠は頭を下げた。

「お疲れさまでした。一年間いろいろお世話になりました」

「世話になったのはぼくのほうだよ」

そう言い残して去っていく先輩を見送る玲遠の背に、ドスの利いた声が襲ってきた。

「湊、あんたまさか、大勢の女の中に男独りってことで鼻の下伸ばしているんじゃないでしょうね」

小学校時代からの付き合いの梓だ。

「まさか」

いつの間にか女子部員たちに囲まれていた玲遠は、降参《こうさん》の意を表すために両手をあげた。

さらにクラスメイトの佳乃が、クールな眼差しの奥に殺意を込めて覗《のぞ》き込んでくる。

「大勢の女の中で男独りなら、モテるとか勘違いしないことね。なにもないから、あるはずないから、変な夢を持たないで、気持ち悪い」

「……わかっているよ」

なんで俺の周りの女たちは、こう揃いも揃ってガラが悪いのかね。

これから始まるたった独りの部活生活が地獄にしか思えない。

「そういえば、あんた、観客席で、うちの大橋といっしょにいたわよね。大橋がおとなしいことをいいことに、迫っていたんじゃないでしょうね」

牝の群《む》れの片隅にいた亜衣が悲鳴をあげる。

「せ、先輩はとっても紳士的でした……」

「本当？ 脅《おど》されているんじゃない？ イヤなことがあったならいいなさい。わたしが絶対に守ってあげるから」

怖い先輩に睨《にら》まれた亜衣は、体を窄《すぼ》めてブルブルと震えた。その背中から佳乃が優しく抱きしめる。

「いい、男なんてケダモノなんだから、気を許したらダメよ」

「は、はい……」

いたたまれなそうにしている亜衣を横目に、梓が念押しする。

「湊、もしうちの部員に変なことしたら、容赦なく先生に報告するから。覚悟しなさいよ」

「はいはい、心得ておくよ」

二見高校水泳部としては、唯一全国大会に出場することが決まった玲遠は、失意を背中に帰宅した。

＊

「今年の夏も終わりだな……」

水泳の全国大会に出場こそした玲遠であったが、予選落ちで終わった。

決して強豪とはいえない高校の部活としては、全国大会に出られたというだけで御《おん》の字であろう。

全国大会の行われた東京から帰宅した玲遠は、久しぶりに学校の室内プールに出向くと、男子更衣室で競泳用の水着に着替えた。

プールからは女子たちのキャッキャッとした姦《かしま》しい嬌声《きょうせい》が聞こえてくる。

「もう、先輩いないんだよな」

頼りない先輩であったが、いてくれただけでずいぶんと違ったものだ。

今日からは十人以上の女子の中に、男子一人だ。

（入りづらい……）

とはいえ水泳は団体競技ではない。独りでも問題ないスポーツである。

一コースだけ使えれば練習にはなった。

躊躇《ためら》っていても仕方がない。思いきってプールのある空間に足を踏み入れる。できるだけ女子たちのほうを見ないようにして歩く。

「え、湊。な、なんでいるのよ!?」

新キャプテンの三戸梓に、見とがめられた。

「いちゃ悪いかよ」

面倒臭く思いながら、玲遠は振り向く。

「……」

梓はスタート台に上り、両手を下ろし、尻を突き出したクラウチングスタートのポーズをしていた。

股の間から、驚愕《きょうがく》の表情で玲遠を見ている。

それはいい。

二見高校のプールは、二十五メートルプールで、六コースからできている。

第一コースには一年生でシンクロの四天王寺紗理奈、第二コースには二年の富田くるみ、第三コースには二年の高飛び込みの千葉佳乃、第四コースは三年の前キャプテンの成田明美、第五コースには二年の新キャプテンの梓、第六コースは一年生の大橋亜衣が、クラウチングスタートの姿勢で前かがみになっていた。

おそらく、引退する先輩の壮行会で、みなで競争しようという話になったのだろう。

泳ぎが専門ではない生徒もいるが、全員水泳部である。

遊びで競争するのは全然問題ない。

問題だったのは、その全員が素っ裸《すっぱだか》だったということだ。

すなわち、いずれも水着をきておらず、一糸まとわぬ姿で、クラウチングスタートの姿勢をとっている。

そして、玲遠は彼女たちの後ろに立っていた。

つまり、裸の女の子達の突き出されたお尻を背後から見ることになる。

「……」

玲遠は左から右、右から左とざっと見渡す。

一番でかい尻は、もちろん、筋肉質でバンと左右に張った前キャプテン明美のものだ。梓は筋肉質にきゅっと取りあがっている。もっとも小さい尻はくるみ。ぐいっと球形に盛り上がっているのは紗理奈である。透明感のあるすっきりとした尻は佳乃。

ミルクを固めたような柔らかそうな涙滴型《るいてき》は亜衣だ。

肛門や陰毛、女性器まで全部見えた……はずである。

しかし、とっさのことで目の写ったものを、脳が記憶分析しきれなかった。

それよりも先に見られている者たちが反応する。

「キャーーーッ！！！」

我に返った女の子たちは、悲鳴をあげてプールに飛び込む。

そして、水面から顔を出した梓が狂ったように非難してきた。

「見た！　見たわよね。絶対！」

「いや、すまん」

玲遠は回れ右をしようとしたが、それを梓が制する。

「湊、動くな。逃げたら許さないから」

仕方ないので、玲遠の足は止まる。

「班目先輩、水着お願いします」

佳乃の求めに応じて、制服姿でストップウォッチを片手に審判役をしていたらしい、前髪をカチューシャで留めたマネージャーが、おのおの水着を手渡す。

「はいは〜い、水の中でちゃんと着られる？」

女の子たちがいるプールの中を覗かないように背を向けた玲遠は、いずれ来るだろう審判のときを待った。

＊

「さてと、覚悟はできているんでしょうね」

灰色の競泳用水着をきた梓が、わざとらしく肩を回しながらプールから出てきた。

今日はハイカット型の水着だ。梓は試合のときにはスパッツ型を着用するが、ふだんの練習のときはハイカット型の水着を愛用しているようである。

「いや、覚悟もなにも、おまえらが勝手に裸になっていたんだろ。なんで裸だったんだよ」

怯える玲遠の声に、オレンジ色の競泳用水着をきたくるみが悪戯《いたずら》っぽく笑いながら応じる。

「裸で泳ぐと水着をきているときよりも速いタイムが出るらしいから、三年生の引退記念として、みんなでやってみようって話になったんだよ～」

「だいたい、あんた、今日は休みじゃなかったの！　全国大会はどうしたのよ！」

梓に詰め寄られて、玲遠は顎《あご》をあげる。

「いや、予選であっさり負けたから、いても意味ないなと思って帰ってきた。家にいてもすることないから泳ごうかなって」

「ったく、この水泳バカ、普通は休むでしょ」

どうやら、女子のみなさんは本日、玲遠がプールに来るなどとまったく夢にも思っていなかったようだ。

「乙女の裸をなんだと思っているのよ。どう落とし前をつけてくれるの」

「落とし前って言われてもな……」

困惑《こんわく》する玲遠に向かって、黄色の競泳用水着をきた紗理奈が、両腕をあげて腋の下を晒した無駄なセクシーポーズをとりながら口を挟む。

「湊先輩、気にすることありませんわ。わたくしの裸は見られて恥ずかしいようなものではありませんわ。美しい女は、見られてこそ価値があるんですわ」

「おまえは黙ってなさい！」

梓が一喝《いっかつ》しても、能天気なナルシストな後輩はめげない。

「三戸先輩、そんなに怒ってばかりだと、眉間《みけん》に皺《しわ》が寄ってしまいますわよ」

「くー」

頭痛が抑えきれないといった顔になった梓は、眉間の皺を深くする。

そんな苦労のたえない新キャプテンの左肩に、先のキャプテンが手を置く。

「まぁまぁ、三戸、少し落ち着け」

「ですが、先輩。このままじゃ女子水泳部を預かるものとして示しがつきません」

明美はニヤリと人の悪い笑みで応じる。

「たしかにあたしら、恥ずかしいところ見られちゃったわよね。裸、どころか女性器」

「ぐっ！」

はっきりと指摘されて、梓は奥歯を噛みしめる。

明美はさらに、十八人の女の子たちの輪の外周部にいた白地にピンクの差し色の入った競泳水着をきた少女に声をかけた。

「大橋、あんた、男にオマ×コ見られちゃったわけだけど、お嫁にいける？」

いきなり話を振られた亜衣は、おろおろしながらも答える。

「……そ、それは……いけません」

「だよな」

これには梓が慌てる。

「いや、そこまでのことではないから！　亜衣、ショックなのはわかるけど、そこまで落ち込むことはないからね」

気の弱い後輩を慰《なぐさ》める新主将の肩を、前主将がポンポンと叩く。

「ということだから。目には目を、歯には歯をってね。あたしらの性器を見られたんだから、あたしらも見せてもらうのが筋ってものよね」

「はぁ？」

「あんたたち、あれ、気にならない？」

戸惑う後輩たちに向かって明美が、顎で指し示した場所。その先には玲遠の競泳用水着があった。

「あれ、勃起しているだろ？」

明美の確認に、紗理奈が笑う。

「それはわたくしたちの裸を見ていただいたんですもの。おち×ちんを大きくしていただかなくては、女としての立つ瀬がありませんわ」

「破廉恥な」

頬を引きつらせた佳乃は、嫌悪《けんお》もあらわに吐き捨てる。

しかし、それに追従《ついじゅう》するものはなかった。

「……」

なんとも言えない沈黙が落ちる。

玲遠もいたたまれない気分で押し黙っていることしかできない。

「ごくり」

だれともなく女子たちは喉を鳴らした。

ニターといやらしい笑みを浮かべた明美が、仲間たちに確認をとる。

「湊のおち×ちんを見たい奴、手をあげな」

「は〜い、見たい見たい」

真っ先に手をあげたのはくるみであった。それに女子水泳部員たちは我先にと続く。

最後尾の亜衣までこっそりと手をあげている。

「ちょ、ちょっとあんたたち？」

「ウソでしょ？」

挙手《きょしゅ》しなかったのは、梓と佳乃の二人だけだった。

「多数決は決したな。よし、湊を捕まえな」

明美の指示に従《したが》って、二十人近い競泳用水着に身を包んだ女子高生たちがいっせいに動いた。

「ちょ、ちょっとまて、おまえら、なにをするつもりだ!?」

玲遠が本気で抵抗すれば逃げることは可能だったろう。しかし、まさか女子を殴ったり、蹴ったりするわけにもいかない。

気づくと水着の女子たちに全身を羽交《はが》い絞《じ》めにされていた。

両手両足にも女の子たちが抱き付く。当然、背中とか、太腿とかに柔らかいお肉が押し付けられる。

身動きが取れなくなった玲遠の前に、精悍な笑顔の明美がかがみ込む。

「ちょ、ちょっと先輩⁉」

「うふふ、こんなに大きくしておいて、言い訳できると思っているの？　観念しな」

男子の競泳用水着の腰部分の左右に指をかけた明美は、いっきに太腿の半ばまで引きずり下ろした。

ブルンッと擬音《ぎおん》が聞こえそうな勢いで、男根は跳ね上がる。

「……っ⁉」

女子部員全員の視線が、いっせいに男根に集まった。

彼女たちの異性関係や、恋人の有無など玲遠が把握《はあく》しているはずもない。しかし、その反応からすると、全員、初めて見たのだろう。

「……醜い」

眉をひそめて吐き捨てたのは、高飛び込みの選手である佳乃であった。

「すごい……おっきい、です……」

顔を手で覆った亜衣は、指の間から凝視《ぎょうし》している。

「これが先輩のおち×ちんなんだ。カッコイイ」

無邪気に喜んだのは、くるみだ。

「さすが、全国大会に出場するだけあって、立派なおち×ちんですわ」

感嘆《かんたん》の声をあげた紗理奈は、自らの体を抱いて身悶える。

「ああん、なんてことかしら？　殿方に裸を見られて、勃起されることがこんなに気持ちいいだなんて、初めて知りましたわ」

「黙れ変態女」

窘《たしな》めた梓は、複雑な表情で男根を見つめる。

「湊のくせに……」

その他、二十人あまりの水着の女子高生たちは、玲遠の男根を見て好き勝手な感想を言い合っている。

「これがおち×ちん？　わたし、初めて見ちゃった」

「わたしもよ。おち×ちんってこんなに大きいものだったんだ」

「ううん、湊先輩のものが特別仕様だと思う。弟のを見たことあるけど、こんなに大きくなかったわよ」

「そ、そうよね。こんなの入れられたら穴が広がるというか、あそこ裂けちゃうんじゃないかしら？」

「どうかしら？　でも長さじゃ奥には届くよね。あはっ、こんなごっついので子宮口をガンガン衝《つ》かれるのを想像すると、ちょっとヤバい……」

興味津々《しんしん》といった顔で男根を見つめ感想を言いあっている姦しい少女たちのを押しのけて、明美は右手を伸ばした。そして、男根を握ると、スリスリと上下に扱《しご》く。

「さすが鍛《きた》え抜かれた体をしているだけあるわ。おち×ちんも鍛え抜かれている。まるで丸太ね」

「あ、成田先輩だけずるいですよ。ぼくも触ってみたい」

「わたしもわたしも」

抗議の声をあげたくるみが手を伸ばしたのに続いて、みな競《きそ》って手を伸ばしてきた。

集団心理の恐ろしさというものだろう。

おそらく彼女たちが独りひとりであったなら、ここまで積極的になれなかったに違いない。

「かったーい。でも、表面はプニプニしていて不思議な感じ」

「男って、ここを扱くと気持ちいいんだっけ?」

「そうみたい、湊先輩気持ちよさそう……」

湊の顔を窺《うかが》いながら、女の子たちの手がシコシコと男根を扱いてくる。

「この先端の部分が亀頭ですよね。この下のくびれているところが亀頭冠とか、雁首って呼ばれる部分……しかし、このかえしの形、えげつなさすぎません。なんというか一度撃ち込まれたら、二度と抜けない銛《もり》みたいですわ」

「うん、保健体育の教科書に載っていたやつよりも、湊先輩のおち×ちんのほうが断然えぐいと思う」

「さすがは全国大会に出た一流の男の逸物ですわ。こんなものでやられたらって想像しただけで、わたくしおかしくなりそう……」

みなが競って男根を弄《もてあそ》んでいるなか、勢いに負けて遠巻きにしている亜衣にくるみが声をかける。

「ほら、あいちんも、せっかくの機会だよ。先輩に触らせてもらおうよ」

「あ、はい。そ、それじゃ、失礼して」

くるみが場所を空けたので、亜衣は恐るおそる右手を伸ばした。そして、陰嚢を掬《すく》い上げる。

「いきなりそこいっちゃう。大橋さんったら通《つう》ね」

「え、すいません」

からかわれた亜衣はいつもの調子で謝罪しながらも、陰嚢から手を離そうとはしなかった。

「逞しい先輩の体にこんな柔らかいところがあるだなんて、不思議。中に大きな玉がありますす。これが睾丸？」

「あ、そこを引っ張るのは……」

睾丸を摘《つ》まみ上げられて、玲遠は情けない声を出す。

紗理奈が口を挟む。

「そういえば、男はどんなに体を鍛えても、陰嚢だけは鍛えられないって言いますわよね。うふふ、強くてたくましい男の急所が手の中に、これが女の楽しみってやつですわ」

紗理奈まで睾丸を摘まんでくる。

「うわ、本当に玉がある。不思議〜」

「この中に精子ってやつが入っているんですね。あは、大きくて重たい。いっぱい詰まっている感じ」

「もう、湊先輩ったら、こんな凶悪なおち×ちんを向けて、わたしたちをどうするつもりなんですか？」

「やだ、食べられちゃう、怖～い」

男根や陰嚢を弄びながら、女の子たちはケラケラと笑声をあげる。

俺はおまえらのほうが怖い、という言葉を玲遠は飲み込んだ。

みんな好奇心いっぱいで逸物で遊んでいるが、全員が好意的というわけではなかった。

周りに流されて男根を握ってしまったらしい佳乃は、憎々《にくにく》しげに吐き捨てる。

「ふん、ただ大きいだけの肉棒じゃない。こんな下品な代物で、女を好きにできるとは思わないことね」

「……」

水着の少女たちに囲まれている玲遠に、反論する余裕はなかった。

佳乃の悪態など、他の女の子たちの暴走にかき消される。

「うわ、先端の穴から汁が溢れてきた。これっておしっこじゃありませんよね。たしかカウパー腺液って言う、精液が出る前触れ……」

「男の人って穴が一つしかありませんのね。同じ穴から、おしっこと精液が出るなんて不思議」

尿道口に指を突っ込まれそうになった玲遠は慌てたが、他の女の子が窘めた。

「ダメよ。男の穴は、女の穴と違って、指は入らないのよ」

「そうなんだ。ごめんなさい。やだ、この液体、すごい糸引く」

「あ、あなたたち、いいかげんにしなさい！　いつまでそんな汚いものに触れているの！」

部員たちの暴走を見かねた梓が注意を喚起するが、みんな言うことを聞かない。明美に至《いた》っては挑発する。

「新キャプテンは真面目ね。それともおち×ちんなんて見慣れているのか？」

マネージャーの香生子も、睾丸をお手玉のように弄びつつ、レンズ越しにジト目を向ける。

「正妻《せいさい》の嫉妬《しっと》かしら？　やっぱりあなたたち隠れて付き合っているんじゃないの？」

「そ、そんなことあるはずないでしょ！　そんな筋肉達磨《だるま》」

先輩たちにからかわれて、梓は顔を真っ赤にして怒る。

肉棒を扱きつつ、くるみが小首を傾げる。

「なら、おち×ちんに興味がないなんて変ですよ」

「そりゃ、わたしだって興味がないわけではないけど……」

梓はチラリと、玲遠の顔を見る。

「わかった。わたしも、ちょっとだけ触らせてもらう」

退《ひ》くに退けない雰囲気に負けた梓は、赤面した顔で視線を泳がせながら男根に手を伸ばしてきた。

(ちょ、ちょっと三戸まで、や、やめろ……)

玲遠の知る限り、梓はクソ真面目な女である。

しかし、憑《つ》かれてしまったかのような顔で、男根を弄びはじめた。

おかげで、もはやだれも止めるものがいなくなった。十七人の水着と一人の制服姿の女子高生が、好奇心の赴《おもむ》くままに、一本の男根で遊んだ。

「この亀頭の裏の襞みたいなところが、陰茎小帯といって、男がもっとも感じる場所らしいわよ」

「やだ、こんなに大きいのに、ヒクヒク痙攣《けいれん》している。かわいいぃ」

好奇心いっぱいの女子高生たちに弄ばれ、玲遠は夢うつつであった。

「あ、もう、ダメ……」

必死に我慢した玲遠であったが、この状況で決壊《けっかい》がくるのは時間の問題であった。

ドビュッドビュッドビュビュビュ……。

白濁液が勢いよく舞い飛び、十八人の女子高生の競泳用水着や制服に浴びせられる。

「きゃ、なにこれ？　熱い」

「うわ、すごいネバネバしている」

「あはっ、すごい匂い。これ、湊先輩の精液ですか。あはっ、ぶっかけられちゃった」

「やだ、妊娠しちゃう」

「バカね、体にかけられたくらいで妊娠はしないわよ」

「でも、湊先輩の精液だよ。滅茶苦茶《めちゃくちゃ》濃厚で、すごい妊娠確率高そう」

「そ、そうね。念のためよ、みんなすぐにシャワーを浴びて洗い流しなさい」

新キャプテンの指示が飛び、水着の女子高生たちは慌ててシャワールームに駆けていく。

独り残された玲遠は、とりあえず水着を穿《は》きなおして、プールでひと泳ぎした。

第二章　爆乳先輩部員の甘美な特訓

（やっぱ気が重いな）

夏休み後半。高校水泳選手権も終わり、三年生は引退した。

結果、水泳部の男子は自分独りになってしまったが、女子は三年生六人が引退しても いまだに十二人も残っているのだ。

更衣室で競泳用水着に着替えた湊玲遠は、二十五メートルプールのある部屋に向かって歩きながらため息をつく。

（特に昨日のあれな。どんな顔をして女どもと会えばいいんだ？）

偶然、女の子たちの性器を見てしまい、その仕返しとして自分の性器を観察された。

別に見られて減るようなものでもない。

男の自分が気にするようなことではないが、あの後、女子たちは帰ってしまった。

彼女たちがどのような心境なのか想像がつかない。

昨日の今日であり、部活にくることは躊躇われたが、夏休み中、自宅でゴロゴロしていてもつまらなかった。

暑さ対策のためにも、プールに入りたい。

ふと前を見ると、プール場に繋《つな》がる回廊の先に、ほっそりとした体を、白い生地の左右にピンクの縦線の入ったハイカット型の競泳水着をきた少女が背を向けて立っていた。

長い黒髪をハーフアップにして、白い背中を晒している後ろ姿に見覚えがある。

（あのおどおどとした一年生か）

選手権をいっしょに見た新人の大橋亜衣である。

水泳を始めたばかりであり、筋肉はあまりついていない。柳のようにほっそりとした体付きだが、お尻には脂肪が乗っていて柔らかそうな涙滴型をしている。

数いる女子部員の中でも、もっとも性的なことが苦手そうなお嬢様だ。

（よりによって一番、気弱そうな女と最初に会っちまった。軽く挨拶して通り過ぎるのが吉か）

そう判断した玲遠は、諦《あきら》めて近づいていく。

一方で、背後から玲遠が近づいていることに気づいてない亜衣は、若干前かがみとなると、両手をお尻に回し、左右の人差し指を白い水着の足穴から入れた。そして、布地をくいっと持ち上げる。

どうやら水着の布地が、尻の谷間に食い込んでいたらしい。

その水着を直している姿勢のとき、気配を感じたのだろう。亜衣は背後を窺う。

「あ、湊先輩……」

目を見開いた亜衣は、この世の終わりのような顔になる。

「ちわー」

玲遠が軽く挨拶すると、みるみる顔を赤くした亜衣は、慌てて水着の足穴から指を抜き、両手を股間のあたりで組んでモジモジする。

「す、すいません。恥ずかしいところを……見られてしまいました……」

「いや、そこまで恥ずかしがらなくとも……」

真っ赤な顔を俯かせ、痛恨《つうこん》の極みといった顔で身悶える下級生を前に、玲遠は慌てる。

普通にしていてくれれば、どうということのない仕草の一つだったろうに、過剰《かじょう》に恥ずかしがるものだから、玲遠のほうまで見てはいけないものを見てしまったような気分になる。

　恥ずかしがり屋の後輩を持てあまし、おたおたしていると、それを女子水泳部の部長が見とがめた。

「大橋さん、なにかされたの！」

　灰色のハイカット型の競泳用水着をきた新キャプテンの三戸梓はすっとんできて、亜衣を守るように間に入って仁王《におう》立ちする。

　中肉中背ながら引き締まった体軀。ショートポニーで釣り目がちといったキツメの顔立ちをした、きつい女だ。

　小学校からの付き合いで、その性格をよく知っている玲遠は、面倒臭いやつに、最悪のタイミングで見つかったと顔を顰《しか》めた。

「なにもしてねぇよ」

「変態の言うことなんて信じられないわよ」

「へ、変態って……昨日のあれは、お互いさまというか、おまえらだって悪いだろ」

　憮然《ぶぜん》とする玲遠の主張は無視して、梓は気弱な一年生を気遣う。

「大橋さん、大丈夫？」

「は、はい。湊先輩は悪くないです……わ、わたしが悪いんです、きゃっ！」

白い生地に包まれた豊乳が形を変えた。背後から回った手で握られたのだ。

亜衣の背後には、いつの間にかスカイブルーのハイカット型の競泳用水着をきた背の高い女が立っていた。

スレンダーな体軀をしたクールビューティ。

二年生で、玲遠とはクラスメイトの、高飛び込みの選手千葉佳乃だ。

両手に捕《と》らえた亜衣の乳房を水着越しに揉みながら、佳乃は左の耳元からねっとりと囁《ささや》く。

「本当？　このエッチなおっぱいを狙われていたんでじゃないの」

「そ、そんな……あん、やめてください」

佳乃の指は、水着越しとはいえ正確に乳首を摘まみ上げたようで、亜衣は内股になりつつ恥ずかしげに悲鳴をあげる。

「ほら、素直にいっちゃいなさい。変態に言い寄られて迷惑していますって」

見かねた玲遠が叫ぶ。

「だから、変態って言うな！」

「あら、わたしたちにあんな汚いものをかけておいて、よく変態じゃないいなんていえるわね」

「ぐっ」

二の句が継《つ》げなくなった玲遠に、梓も追従する。

「そうね。清純な乙女にあんなものをかけるなんて犯罪者以外のなにものでもないわ。わたしたちが妊娠したらどうするつもりなの?」

「いや、浴びたくらいで妊娠はしねぇって、保健体育の授業を思い出せ」

玲遠の主張を鼻で笑った佳乃は、亜衣の胸元から手を離し、細い腹部を撫でるように下ろしていくと、水着の左右のビキニラインを摘まみ、クイっと持ち上げる。

「キャッ!」

水着越しに乳首の突起が完全に浮き出てしまった一年生女子は、先輩のセクハラ責めに可哀そうなほどに狼狽《ろうばい》している。

「野獣みたいなあんたの汚い精液を浴びたら、純真な乙女は水着越しでも十分に妊娠するわ」

「んなわけあるか!」

二年生の男女三人が、可哀そうな一年生を挟んで不毛《ふもう》な言い争いをしていると、さらにややこしいことが起こった。

華やかな黄色のハイカット型の競泳水着を纏《まと》った一年生が駆け寄ってきたのだ。

「湊先輩。お待ちしておりましたわ」

ボイン、ボイン、ボインという擬音が聞こえそうな勢いで、水着に包まれたロケット型の乳房が上下している。

夏休みに入り栗毛色に脱色し、パーマをかけた新入部員。

二見高校水泳部、唯一のアーティスティックスイミング選手の四天王寺紗理奈だ。

二年生の梓や佳乃よりも、明らかに発育がいい肉体だ。特にロケットのように突き出した乳肉は圧巻である。

思わず踊る二つの肉感に見惚《みと》れている玲遠の胸板に向かって、自分の先輩たちを綺麗に無視した紗理奈は飛び込んできた。

「おおっ⁉」

驚き困惑する玲遠は反射的に抱きしめそうになったが、渾身《こんしん》の意思の力で思いとどまった。

しかし、紗理奈は明らかに意図的に、自分から競泳用水着に包まれた自慢の乳房を押し付けてきている。

「わたくし、昨日は感動いたしましたわ」

「昨日？　感動？」

玲遠の胸板に右頬を当てた紗理奈は、すりすりとこすり付けてくる。さらに右手の人差し指で「の」の字を描く。

「まさか先輩が、あんなに素晴らしいお宝を隠しもっていただなんて。わたくし一目見てからというもの、もう瞼《まぶた》に焼き付いて離れませんの」

「そ、そうか……」

褒められるのは悪い気はしない。

梓や佳乃がジト目を向けてきていることはわかっているが、スタイル抜群の下級生に抱き着かれた玲遠の顔はやに下がってしまう。

「それで、昨日一晩、考えましたわ。そして、確信しましたの」

男の胸板に抱き付いた紗理奈は、媚びた笑顔で見上げてくる。

シンクロをするとき、遠目の客にも表情をわかってもらうための派手な化粧が施《ほどこ》されているが、美少女であることは議論の余地のない顔だ。

思わず抱きしめてやりたくなるところだが、玲遠は生唾を飲みつつも、顎をあげて耐える。

しかし、そんな努力を吹っ飛ばすような爆弾発言を浴びせられた。

「先輩の素晴らしいおち×ちんで、ぜひわたくしの処女を奪っていただきたいですわ」

「ぶっ⁉」

玲遠はもとより、呆気《あっけ》に取られて観察していた梓、佳乃、そして、恥辱に悶えていた亜衣まで目が点になってしまった。

「否《いな》やはありませんわよね。わたくしほどの美女。そして、スタイルのいい女は、この水泳部はもちろん、学園にもいませんわ」

玲遠の体からいったん離れた紗理奈は右足をぐいっとあげて、Y字開脚をしつつ、両腕をあげて腋の下を晒してみせる。

さすがシンクロ選手。地上でも見事な身体能力だ。

「身長164センチ、体重48キロ、バスト83センチ、ウエスト60、ヒップ88。まさに完璧ですわ。この磨き上げられた体には、湊先輩の極上おち×ちんこそふさわしいですわ、きゃっ」

紗理奈が悲鳴をあげたのは、水着の背中の紐を梓に引っ張られたからだ。

「あんたって子は次から次へと問題ばかり」

「あ、先輩、水着を引っ張らないでください。く、食い込みますわ」

黄色の水着が伸びて、股布が食い込んだのだろう。超ハイレグ状態となった紗理奈は、魅惑的な脚を蟹股《がにまた》開きにして悶絶《もんぜつ》する。

「だから、おまえは女の恥じらいを覚えろ！」

怒声とともに梓は、手の焼ける後輩をプールへと蹴り入れた。

ドボン！

「……」

高い水飛沫に続いて、水面から顔を出した紗理奈が叫ぶ。

「いかに先輩といえど、人の恋路を邪魔することは許されませんわよ〜」

「やかましい！　妊娠なんてしたら退部どころか、退学なんだからね」

「そんなヘマはしませんわ。ただわたくしは湊先輩の極太おち×ちんでズボズボの楽しい高校生ライフをエンジョイしたいだけですわ」

まったく悪びれない紗理奈の主張を、梓は容赦なく却下《きやつか》する。

「とにかくおまえは、二度と湊に近づくな」

「横暴《おうぼう》ですわ〜」

「煩《うるさ》い、わたしが部長だ」

有無を言わさず迫力で宣言した梓は、疲れた表情で玲遠に向き直る。

「湊、バカの言うことは聞き流して」

「あ、ああ……」

反応に困る玲遠の前で、梓は額《ひたい》を押さえて溜息《ためいき》をつく。

「悪い子じゃないのはわかっているのよ。ただ頭が悪い子なの。それに付け込んで手を出したら、あんた最低だから。絶対に許さないわよ」

「ああ、わかっているって」

玲遠は力強く頷いた。紗理奈に特別な感情はいっさいない。面白い一年生がいるな、とは思っているだけだ。

「あんたの良識を信じるわ……よ!?」

不意に梓の目つきがかわった。頬が引きつる。

「け、ケダモノが」

「えっ……」

梓の視線をおって下半身を見下ろした玲遠は絶句する。競泳用パンツを破りそうな勢いで勃起していたのだ。

水着姿の美少女たちに囲まれて、うち一人には抱き着かれ、処女をあげるとまで言われたのだ。

思春期の男子たるもの、逸物が大きくなってしまうのは、自然の摂理《せつり》というものだろう。

「くすくす、湊先輩、またあんなに大きくしている」

「やだ、わたしたち狙われているのかしら？」

プール場にいた女子部員十二人の視線が、いっせいに湊の股間に集まっている。

「いや、これは不可抗力ってやつだ⁉」

いたたまれなくなった玲遠は、両手で股間を隠して腰を引く。

「へぇ～」

蔑《さげす》みの眼差しで玲遠を見下ろした梓は、両手を腰にあてて大上段に命令してくる。

「まぁ、いいわ。とにかくあんたのために、一コースは空けてあげる。そこで勝手に泳いでなさい。その代わり、絶対にわたしたちのコースには入ってこないでよね。入ってきたら、ただちにセクハラで先生たちに言いつけるわ」

「ああ、わかった」

梓はさらに女子部員たちに睥睨《へいげい》する。

「いい、あなたたちもわかった。絶対にこいつに近づいたらダメよ。昨日みたいなことは二度とさせないから」

「そんなのイヤですわ」

「あん、文句あるの！」

プール中から抗議の声をあげる紗理奈に対して、梓は猿山のボスのような風格で黙らせる。

「さぁ、練習を始めるわよ」

パンパンと手を叩き、梓は部員を鼓舞《こぶ》する。

こうして、女子たちは部活を始め、玲遠もまた譲《ゆず》ってもらった一コースで泳ぎはじめる。

「ああ〜なんという悲劇。これが世に言うロミオとジュリエット状態ですのねぇ〜」

紗理奈が騒いでいる声が聞こえるが、玲遠にはどうしようもない。

その他の女子部員たちも、玲遠のことを遠目から見て、クスクスと笑っている気配がある。

箸《はし》が転がっても笑うお年頃の女の子たちだ。玲遠としては対処のしようがない。

黙々《もくもく》と泳ぐだけだ。

「ほら、あんたたちよそ見しない。集中、集中」

「ペースが落ちているわよ。気合い入れなさい」

梓や佳乃が、部員たちを必死に統率《とうそつ》しているようだ。

玲遠は部員がいなくて寂しいが、多いとそれはそれで大変らしい。

休憩《きゅうけい》のために立ち上がった玲遠がチラリと女の子のほうに目をやると、目のあった子はみんな慌てて目を逸《そ》らす。亜衣などは顔を真っ赤にして俯いてしまう。

(完全に変態扱いされている。やっぱ昨日のあれが拙《まず》かったよな)

あからさまに避けられると、意外と心に刺さるものがある。

そうこうしているうちに、プール場にさらなる入場者があった。

「おまえら〜、頑張っているか。ご隠居《いんきょ》が陣中見舞いにきてやったぞ〜」

女子水泳部の前キャプテンの成田明美が、スパッツ型の競泳用水着を着用して入ってきたのだ。

「アイスを差し入れにきたわよ〜」

そう言って入ってきたのは、マネージャーであった班目香生子だ。

カチューシャで前髪をあげ、黄色縁の眼鏡をかけた彼女は、珍しく水着。それも紺色のスクール水着をきていた。

明美と香生子は同じ三年生で、高校選手権を最後に引退したわけだが、部長とマネージャーという関係だけではなく、親友なのだろう。よくいっしょにいる姿を見かける。

「うわ～、先輩～。ありがとうございます」

後輩たちは歓声をあげて出迎える。

「しかし、今日は暑いな。あたしたちも泳いでいいか」

「どうぞどうぞ」

前部長の申し出を、現部長は全力で受ける。

「今日はわたしも泳がせてもらうわね」

「班目先輩も泳げるんですか？」

アイスをぱくつきながら一年生の富田くるみが質問する。

「少しわね。速くは泳げないけど」

「たしかにそのおっぱいじゃ、速く泳げませんよね～」

「言ったわね」

くるみがからかっただけあって、香生子の乳房はスクール水着越しにもかなりの質量だ。

（成田先輩が大きいことは知っていたけど、班目先輩もあんなに大きかったんだ）

マネージャーだった香生子は、プールサイドにいても、いつもジャージか制服であった。

玲遠が、水着姿を拝見したのは初めてだ。

(同じ巨乳でも、成田先輩と班目先輩のおっぱいは明らかに別物だな)

明美はアスリート体型であり、筋肉によって膨らんでいる感じなのに対して、香生子は一般人の体付きだ。

色白で、ほどよく脂肪が乗ったその体型は、大人の女を感じさせた。

(ムッチムチだ。班目先輩の体、エロ……もしかして、女子水泳部最大の巨乳の持ち主は班目先輩だったのかも。ダークホースだった)

見惚れていた玲遠に気づいた梓が、ジト目を向けてくる。

「なに見ているのよ、イヤらしい」

「いや、その……」

実際、イヤらしい気持ちで見ていたことは否定できない。

おたおたしている玲遠に、香生子が助け船を出してくれた。

「もう、同じ水泳部なんだから、そんなに邪険《じゃけん》にしたらダメよ。はい、湊くんもよかったらアイス食べて」

「ありがとうございます」

香生子から棒アイスを手渡された玲遠は、プールの縁《へり》に腰かけていただく。

孤独にアイスを舐める玲遠の視界で、水着姿の女子高生たちがワイワイガヤガヤ、キャッキャッウフフウフとはしゃいでいる。

(楽しそうでいいなぁ。こっちの先輩は遊びにきてくれそうもないもんな)

二見高校の水泳施設は立派だが、県大会に出られただけで満足してしまうような部活である。強豪とはいえない。顧問の先生もほとんど放置だ。

みんな遊び感覚で部活を楽しんでいる。

とてもではないが女の子たちの和気藹々《わきあいあい》とした輪に入っていけない玲遠は、独りアイスを食べ終わると、黙々と練習を再開した。

正直、つまらない。

(やっぱ、部活やめるかな……)

女子から徹底的に隔離された玲遠は、居心地《いごこち》の悪さに真剣に退部を考えた。

寂寥感に苛《さいな》まれながらも、子供の頃からの日課である。ひたすら泳いだ。

「ふーーーぅ……」

思う存分に泳いで、立ち上がるとあたりが静かになっていた。女の子たちは休憩となり、いったんプールからあがったようだ。

(あがるなら声ぐらいかけてくれ、というのは無理な相談か)

不意に気配を感じて、顔をあげると隣のコースのスタート台の上に、オレンジ色の競泳用水着をきたツルペタ少女が股を開いて座っていた。

一年生のくるみだ。

スイミングキャップは脱いでいて、癖っ毛をカラーゴムで縛って無理やりツインテールにした頭髪は濡れていた。

ハイカット型の競泳用水着であるため、細い内腿が根本近くまで晒されており、玲遠は一瞬、ドキっとしたが、なにせ相手は中学生体型の女の子である。性的な意識が低いのだろう。

水着に包まれた陰阜《いんぷ》を晒しながら、くるみはニコニコと手を振ってくる。

(持つべきものはかわいい後輩だな)

小学校で同じスイミングスクールに通っていた時代から、「先輩、先輩」と慕《した》ってくれている。

昨日、あんなことがあっても、玲遠のことを気にかけてくれているのだ。

玲遠は胸が熱くなった。

くるみが、梓たちに目を付けられると可哀そうなので、玲遠も小さく手を振ってやる。

「ニシシ……」

といった感じで、口を横に広げて悪戯っぽく笑ったくるみは、口元に人差し指を一本立てた。

秘密だよ、という意味だろう。

なにをするつもりか、と見ていると、くるみは開いた股の間に手を下ろした。そして、水着の股布を摘まみ、ぐいっと横にずらす。

「うっ⁉」

水着の股布の下からは当然、女性の秘部がある。

うっすらと陰毛が生えているが、ほとんど無毛のヴィーナスの丘に、亀裂が走っていた。

思わず凝視してしまう玲遠の前で、くるみはさらに悪戯っぽく口を横に広げた。

肉裂の左右に人差し指と中指を添えると、V字にくぱっと開く。

「……」

目を白黒させている玲遠は、淡いピンク色の媚肉で網膜《もうまく》を焼かれた。

(オマ×コだよな。なんでくるみのやつ、こんなところでオマ×コ晒しているんだ)

昨日も見たはずだが、なにせあのときには六つのスタート台に六つの女性器が並んでいたわけで、動転のあまり視点が合わず、記憶に残っていない。

しかし、今回は一つだけ。それもけっこうな至近距離である。じっくりと食い入るように見つめてしまった。

プールの水のせいだろうか。桃色の秘肉は濡れ輝いている。

上の合わせ目には真珠のような突起。姫貝の真ん中より下側にはぽっかりとした穴があった。

（ヴァギナってやつだよな。おち×ちん入れるところ）

高校一年生といっても、中学生みたいな体型の少女である。それに性器がついているのは不思議な気分だ。

男の口でむしゃぶりつけば、ペロリと一飲みにできそうな貝の具だ。

玲遠にとっては、一瞬にも永遠にも感じられた時間が過ぎ、くぱぁ中の少女の背後から、部長の声がかかる。

「富田、なにやっているの？　こっちにきてフォームのチェックをしなさい」

「は〜い、いまいきま〜す」

明るく応じたくるみは、水着の股布を元に戻すと、跳ねるようにしてスタート台から床に飛び降りた。

そして、プールの中にいる玲遠に向かって、ニコと笑ってから元気に駆け去ってしまう。

あとには水の中で硬直《こうちょく》した玲遠だけが残った。

(なにを考えているんだ。あいつは……)

思い当たる理由を必死に絞《しぼ》り出せば、昨日、玲遠の男根を見たお返しといったところだろうか。

(まったく、あいつはいつまでたってもお子様だからな)

小学校の小便臭いときから知っているが、高校生になったいまでも中学生みたいな外見をしている女の子だ。精神もまだまだ未熟なのだろう。

プールの水で、顔を洗ってから気合いを入れ直した玲遠は、再び泳ぎはじめた。

*

「よ、遅かったな」

夕方となり、思う存分に泳いだ玲遠がプールをあがったときには、女子はみな帰宅していた。

玲遠もまた帰宅するために男子更衣室に入る。

扉をあけると、そこに黒地のスパッツタイプの水着をきた大柄の女と、紺色のスクール水着をきた黄色縁の眼鏡の女が待ちかまえていた。

三年生で、女子水泳部前主将の成田明美と、マネージャーの班目香生子だ。

「成田先輩と班目先輩、どうして？　こ、ここ男子更衣室ですけど」

部屋を間違えたかと慌てる玲遠を他所《よそ》に、明美は悠然《ゆうぜん》と室内を見渡す。

「男子更衣室ってこうなっているんだ。前々《まえまえ》から一度は入ってみたかったんだけど、入ってみると女子更衣室と変わらないな」

大きな乳房を持ち上げるように腕組みした香生子も頷く。

「意外に綺麗に使っているのね。女子よりも綺麗なくらいだわ」

「はぁ？」

どう反応していいかわからず立ち尽くす玲遠を、明美は手招きする。

「そんなところに立ってないでこっちにこいよ。立ち話もなんだから、ここに座りな」

「わ、わかりました」

男女の違いはあるとはいえ、同じ水泳部の先輩だ。逆らう意味を見出せず、玲遠は言われるがままに、ロッカーの前に備《そな》え付けられていた長椅子に腰を下ろした。

するると、まるで逃がさないというかのように、右手に明美が、左手に香生子が挟むように腰を下ろしてくる。

「やっぱ男の筋肉は違うわ」

肉食動物のように笑った明美が、玲遠の肩に手を置いてきた。

「そうね、惚《ほ》れぼれしちゃう」

眼鏡の奥で瞳を妖《あや》しく光らせた香生子は、玲遠の左の乳首を突っついてくる。

「あの……先輩方？」

一学年年上のお姉さまたちに囲まれて、どう対処していいかわからず、玲遠はされるがままにしているしかない。

それをいいことに三年生のお姉さまたちの行為は、どんどんエスカレートしていった。

香生子は玲遠の太腿を撫で回し、太腿の半ばまである水着の上を撫で上げていく。

「わたしって筋肉フェチなところがあるみたい。前から湊くんの体に触ってみたかったのよね」

「まぁ、この大胸筋を見ていたら、女は興奮するわな」

明美の右手が、まるで女の乳房を掬い上げるように、玲遠の左胸を包み上げる。

「あ、あの先輩方、その、それで……ご、ご用件は？」

「あら、ここまでされてもわからないの？」

心外といった顔をした香生子は競泳用水着の上から、いきり立つ男根を握りしめる。

「そ、それは……なんとなくわかるような、わからないような……」

この巨乳な先輩たちが、発情しているような気はする。

しかし、真面目で頼りになる先輩たちであった二人が、引退したからといって、急にこんな淫らに迫ってくるようになるとは予想したこともなかった。脳がついていかない。

まるで淫夢でも見ているような感覚だ。

玲遠の背中に、水着に包まれた大きな乳房を押し付けながら、明美は右の耳元で囁く。

「おまえが独りで寂しがっていたようだから、慰めてやろうと思ってな」

「それは……ありがとうございます」

女子の前キャプテンの気遣いに、玲遠は胸が熱くなった。

水着の上から男根を撫でつつ、香生子は玲遠の胸元に自らの胸元を押し付けながら左耳で囁く。

「昨日、あんなことがあったら、湊くんが部活やめたいとか思っているんじゃないかって、心配になったのよ」

「……」

言葉に詰まる玲遠を見て、明美は眉を顰《ひそ》める。

「図星《ずぼし》か？　湊、おまえだってあたしにとってはかわいい後輩だ。やめるとか悲しいことを言うなよ」

「そう言われても……俺独りじゃ」

「うふふ、仕方ないわね。かわいい後輩のために一肌脱いであげるわ」

そう言って香生子は、スクール水着の肩紐を外した。

ズルリと紺色の布が剝《む》けて、巨大な白い双乳があらわとなった。

「せ、先輩……」

玲遠は驚愕して息を飲む。

黄色縁の眼鏡をかけた文学少女風の顔をしているのに、乳房はかなり大きい。まるでメロンのようだ。

「こらこら、香生子のおっぱいばかり見ているんじゃない。あたしのおっぱいも見ろよ」

明美も負けじと競泳用水着の肩紐を外して、上半身を剝いた。若干日焼けした浅黒い双乳があらわとなった。

こちらはスイカのようだ。

「っ」

眼前《がんぜん》に投げ出された上級生の乳房を前に、玲遠は息を飲んで観察してしまった。

右手にある明美の乳房は、バタフライで鍛えられただけあって筋肉質な気がする。大きいのにまったく垂れておらず、球形を保《たも》ち、褐色《かっしょく》の大粒な乳首も上を向いていた。

左手にある香生子の乳房は、脂肪の塊といった感じで、いかにも柔らかそうだ。ピンク色の大きな乳首は重力に負けて下を向いている。

形こそ違うがいずれも巨大であり、メロンおっぱいも、スイカおっぱいも甘く美味しそうだ。

玲遠が食い入るように見ていると、香生子は玲遠の左手を取ると、自らの左乳房へと導《みちび》いた。

「ほら、見ているだけじゃなくて、触んなさい。男はおっぱいに触れると癒《いや》されるというわよ」

手のひらに押し付けられる暖かい柔肉の感触に玲遠は生唾を飲む。

「そ、そうなんですか？」

「ほら、あたしのおっぱいでも癒されな」

明美は玲遠の右手を取ると、自らの右の乳房に導いた。

玲遠は左右の手にとった乳房は、ゆっくりとしかし確実に推《お》し量《はか》る。

（やっぱ成田先輩のほうが硬い。食べ応《ごた》えのありそうな肉って感じだ。班目先輩のおっぱいは柔らかい。口に入れたらそれだけで溶けそう）

玲遠は五指に力を入れてみた。柔らかい肉に指が沈む。

「あん、男の子の手って、やっぱり大きくて力強い……」

我を忘れた玲遠が、二つの極上乳房の揉み心地を堪能《たんのう》していると、発情した顔の香生子が小首を傾げる。

「どう、わたしたちのおっぱいを触った感想は？　癒される？」

「はい、すごく癒されます」

「なら、遠慮しないで、もっと豪快に摑《つか》んでいいぞ」

明美も促してきたので、玲遠は遠慮なく両手に持った乳房を揉み込んだ。

「んんっ」

香生子が顔を顰めたので、玲遠は慌てる。

「すいません。痛かったですか？」

「ううん、大丈夫。好きなように触っていいわ」

香生子の言葉に従って、メロンおっぱいとスイカおっぱいを揉みまくる。

やがて二人の乳房の先端がコリコリになっていることに気づいた。そこを摘まんでみる。

「ああん」

「んん」

乳首を摘まみ上げられたお姉さまたちは、息を飲んでのけぞる。

それと気づいた玲遠は、コリコリとなっている乳首をこね回しながら確認をした。

「ここ、気持ちいいんですか？」

「うん、とっても気持ちいいわ」

「ああ、ちょっとヤバいくらい気持ちいいぞ」

先輩たちの反応に気をよくした玲遠は、夢中になって勃起した乳首をこね回してやった。

顔を赤くした明美は、耐えられないといったようすで玲遠の肩に抱き付いてくる。

「そんなにそこが気に入ったのなら、しゃぶってみるか？」

「いいですか？」

「いまさら遠慮しないでいいわよ」

明美と香生子は、目線で合図を送りあうと、そろって長椅子の上で膝立ちになった。

水着の上半身だけ脱いだお姉さまたちの、極上乳房がちょうど玲遠の顔の左右にきた。

「い、いただきます」

メロンとスイカのトロピカル乳房に魅せられた玲遠は、夢心地で二人の背中を抱くと、合計四つの柔肉に顔を埋《うず》めた。

（うお、顔全体が溶けそう。なにこの極楽体験⁉）

玲遠は人並みに女好きである。水泳部に在籍している理由の一つに、美少女たちの水着が見られる役得を考慮していなかったら、嘘になるだろう。

彼女を欲しいと常日頃から考えている。

しかし、まさか、先輩方、それも二人同時にこのような体験をさせてもらえるとは予想もしたことがなかった。

顔全体で乳房の感触を堪能したあと、玲遠は改めてビンビンに勃起している大ぶりの乳首たちに一つずつしゃぶりついた。

「ああん、気持ちいい」

「いい、もっと吸って」

赤い乳首からはスイカジュースも、メロンジュースも出てはこなかった。

しかし、甘美な液体が出ている気がして、玲遠は夢中に吸い上げる。

「もう、おっぱいにそんなに夢中になって吸い付くなんて、かわいい」

「ああ、やばいな、これ。母性本能っていうのか、すげぇビンビンに刺激される」

差し出した乳首をむしゃぶりつかれた明美と香生子は、トロットロの表情になってしまっている。

玲遠の目の前には四つの甘美なる蛇口があるが、口唇は一つしかない。左右の手を使っても、まだ足りない。

煩《わずら》わしくなった玲遠は、合計四つの乳首を抱き寄せると、強引に口に含んだ。そして、四つ同時に吸引する。

「ああん、湊くんったら、欲張り」

「ああ、でも、これもいぃぃぃぃ」

玲遠の左右の椅子の上で膝立ちになっていた先輩たちが、ヘナヘナと崩《くず》れ落ちた。

「はぁ、はぁ、はぁ、あたし、おっぱい吸われただけでイっちゃった……」

「わたしも、こんな体験初めて……」

二人は肩で息をしながら、玲遠の左右から抱き付いてくる。

左右の乳首を男の唾液で濡れ輝かせた二人は、改めて玲遠の下半身に手を向けると、競泳用水着をめくって男根を引き出す。

「やっぱ大きい。湊くんのおち×ちんの前じゃ、台湾バナナも小さく感じるわ」

「ああ、だけどバナナよりも美味しそうだけどな」

玲遠の左右でうつ伏《ぶ》せになった三年生は、愛しげに男根を撫で回してくる。

「あ、あの、先輩方……」

「うふふ、わたしたちだけが湊くんのおち×ちんに触っているのは不公平よね。湊くんも触っていいわよ。わたしたちのオマ×コ」

「ほら、ここから手を入れな」

明美は、玲遠の右手を取ると、半脱ぎとなっていた競泳用水着の胸元から入れさせた。

水着と肌の間は狭くきつかったが、強引に股間にまで押し込んだ。

「あん」

玲遠の指はごわごわとした陰毛に包まれた亀裂を捕らえた。

(ここが先輩のオマ×コ)

昨日、見たはずだが、形状を覚えてはいない。それでも必死に思い出しながら指を弄《いじ》る。

「ど、どうだ。わたしのオマ×コを触った感想は……」

「ビショビショですね」

玲遠の素直な感想に、明美は鼻白《はなじろ》む。

代わって、香生子が応える。

「それプールの水じゃないわよ」

「……」

明美の顔が真っ赤になり、香生子は玲遠の耳元で囁く。

「女のスケベ汁。うふふ、大洪水にしちゃうなんて、明美ったら、本当にスケベなんだから」

「香生子が言えた口か？　ほら、湊、香生子のオマ×コも触ってやれ、あたし以上にビショビショのはずだぞ」

明美の指示に従って、香生子の顔を見る。

香生子は逃げようとせず、それどころかむしろ、積極的にスクール水着の半脱ぎになった胸元を差し出してきた。

そこで玲遠は、左手をスクール水着の腹部から強引にねじ込む。

そして、シャリシャリとした陰毛に覆われた陰阜を握る。

「ああん」

「なるほど、班目先輩も大洪水です」

長椅子の上で女の子座りとなった香生子は、男に股間を握られてトロンとした顔になった。

(すげぇ、二人とも温かい液体がいっぱい溢れてきて、指が蕩《とろ》けそう)

水着と柔肌の間は狭く、指を満足に動かすことはできないし、どこを刺激していいのかもよくわからないが、明美も香生子も、男の指で股間を押さえられただけで気持ちいいらしい。

水着の股布から大量の液体が溢れて、椅子の上に失禁したような暖かい水たまりが広がる。

玲遠の左右に侍《はべ》った女たちは、股間を弄られながらも、玲遠の男根を握っていた。

「ねぇ、湊くん、キス、お願いしてもいい。わたし、まだ男の人とキスしたことがないの……」

「あ、香生子。抜け駆けはダメよ。あたしだって湊とキスしたい。なぁ、湊、どうせだから、三人同時にファーストキスといこうぜ」

明美の提案に、玲遠は目を瞬《またた》かせる。

「三人同時ですか？」

「別に問題はないだろ」

「そうね。明美とのキスはもう、数えられないし……」

香生子の呟《つぶや》きに、玲遠は驚く。

「えっ」

「それじゃいくぞ」

「せーの」

明美と香生子が、同時に玲遠の唇に、唇を重ねてきた。

「ん……」

玲遠はよくわからないままに、唇を左右から二枚の舌で舐められた。そして、強引にお姉さまたちの舌が、口内に入ってきて、歯並びを舐められる。

肉食系お姉さまたちの貪《むさぼ》るような接吻《せっぷん》に圧倒された玲遠は、口を開き、舌を出す。その舌の先端を、二枚の舌が舐め回し、さらには唇に咥《くわ》えられる。

「ん、んん、うむむ……」

長い接吻。その間、玲遠の両手は左右の女たちの水着の胸元から入り、股間を押さえている。

女たちの手は、玲遠の逸物を握っていた。

「はぁぁぁ……」

やがて満足したらしいお姉さまたちは、唇を離した。

「はぁ、男とのファーストキスまで、明美といっしょとは……」

「いいでしょ。これからの初体験もいっしょよ」

「そうね。湊くん、わたしたち、もう我慢できない」

香生子は下半身に残っていたスクール水着をすべて抜き取った。

明美もまた、スパッツ型の競泳用水着をすべて脱ぎ捨てた。

素っ裸となった香生子と明美は抱き合い、玲遠の右手の長椅子に倒れ込んだ。

明美が仰向《あおむ》けで、香生子がうつ伏せで抱き合う。二人とも蟹股開きになっていた。

すなわち、黒い陰毛に覆われた陰阜を擦《こす》り合わせている。

クチュクチュクチュ……。

女たちの開いた肉裂から溢れた淫ら汁がこね回されて、卑猥な水音を立てている。

(うわ、なに、この光景。先輩たちのお尻の穴からオマ×コまで丸見え)

あまりに想像を超えた光景に、玲遠が呆然《あぜん》と見守っていると、水泳部の前キャプテンを組み敷いた、前マネージャーが背後を窺う。

「驚いた？　明美はほんと、性欲が強くてね。わたしがこうやって相手をしてあげていたの」

「そ、そういうこと言う……」

「うふふ、見栄を張ってもダメよ。明美はどマゾなんだから」

女らしい体型の女に嗜虐《しぎゃく》的に宣言された、逞しい女は赤面して押し黙った。

二人の痴態から、二人の関係が予想できた玲遠は、恐るおそる確認を取る。

「つまり、お二人は……」

香生子が笑う。

「レズっていうほど重い関係ではないわよ。現にわたしたち、一年前から湊くんのおち×ちん狙っていたし」

「え」

絶句する玲遠に、明美が肩を竦める。

「一年前、湊が入部したときから香生子のやつはかわいいって狙っていたのよ」

「あら、わたしだけじゃないでしょ。明美だって、湊くんのおっきいおち×ちんでズボズボされたいって言っていたじゃない」

女たちの明け透けな会話を、玲遠は乾いた笑いで聞き流すことしかできない。

「わたしたちは部活の終わりに、湊くんとこうやって楽しんでから帰りたかったのよねぇ」

「それなのに、あの真面目くんが邪魔して、なかなか機会が持てなかったんだよなぁ」

どうやら、玲遠は先輩に守られていたようである。

呆然としている玲遠に、香生子が促す。

「だから、湊くん。わたしたちを楽しませてくれる?」

「え、そ、そりゃ、先輩たちとやれるなら、すっごく嬉しいですけど……でも、先輩たちのほうこそいいんですか?」

明美が肩を竦める。

「わたしたちのことを気遣ってくれているの？　大丈夫、わたしたちだって高校卒業する前に処女を卒業したいわよ」

「あたしも、かわいい後輩と思いっきり楽しみたいわ」

「そ、それじゃ、入れさせてもらいます」

夢のような体験に流された玲遠は、二人の先輩の股間に男根を近づける。

そこに明美が口を挟んだ。

「あ、待って。入れる前に、水泳部をやめないって約束しな。あたしはおまえの水泳選手としての才能を買っているのよ。やめるなんてもったいないわ」

「……」

「湊くん、水泳部をやめないなら、あたしたちのかわいい後輩ということで、今日から好きなだけやらせてあげる。でも、水泳部をやめるっていうなら、もったいないけど、ここまでよ」

明美の水泳部の部長らしい意見に、香生子は苦笑しながら背後を窺う。

「どうする？　わたしたちで童貞卒業したくない？　あ、もちろん、三戸さんには内緒にしてあげるわよ。あの子、潔癖《けっぺき》なところあるから、こういうの我慢できないでしょうからね」

「水泳部はやめません。先輩たちと毎日楽しみたいです」

玲遠の迷いない決断に、明美が満足げに頷く。

「さすが、それでこそあたしの見込んだ男よ」

「はい！」

「いい返事。なら、今日からわたしたちは、湊くんのオナホになってあげる。好きなだけやっていいわ」

香生子は淫らにデカ尻を揺すって誘惑してくる。

「ありがとうございます」

歓喜した玲遠であったが、二つ並んだ女性器の前に進んで硬直した。

男根は一つしかない。それなのに入れるべき穴は二つあるのだ。

玲遠の困惑を察したのだろう。明美が声をかける。

「好きなほうから入れていいぞ。別に後回しにされたからって拗《す》ねやしないって」

「そのかわり、ちゃんと二人とも満足させてよね。期待しているんだから」

香生子が黄色い眼鏡の向こう側でウインクする。

「わ、わかりました」

玲遠は男根を、卑猥な糸を引きながら接吻している女性器の狭間《はざま》に近づける。

（どちらからでもいいと言われても、どちらから入れたらいいんだ？）

玲遠にとって初めての体験だ。右も左もわからない。

それなのに二つ縦に並んだ蜜壺のどちらから入れてもいいなどと、敷居《しきい》が高すぎる。

玲遠は亀頭で、二つの女性器の入り口を撫でた。

「ああん……」

「ふふん……」

ビクンとお姉さまたちの重なった裸体が震える。

二人とも緊張しているのが、玲遠にもわかった。

（先輩たち余裕ぶっているけど、初めてなんだよな。どうしよう？　成田先輩のオマ×コも、班目先輩のオマ×コも、絶対に気持ちいいよな。選べねぇ、ちきしょう。えぇい、ままよ）

覚悟を決めた玲遠は、香生子の大きな白い尻を抱き、腰を進める。

ブスゥゥウゥウゥ……。

「あはっ」

重なっていた明美と香生子の鼠径部の狭間に男根を押し入れた。

男根の上から、香生子の女性器が、下から明美の女性器が密着する。二種類の暖かい愛液が、上下からかかった。

（うお、上と下にコリコリとしたものがある。これ先輩たちのクリトリスか？）

童貞でも、陰核が女の急所であることぐらいは知っている。そこで意図的に男根の上下を使って、陰核への刺激を試みた。

「やだ、おち×ちん、擦り付けられるだけで気持ちよすぎる」

「ああん、やばい、湊のち×ちん、やばすぎる……」

レズを楽しんできたお姉さまたちは、初めて男根の温もりに我を忘れて喜んでくれている。

（くー、これだけで十分に気持ちよくて、出ちまう。でも、せっかくだし、やっぱり先輩たちのオマ×コにいれてぇ）

覚悟を決めた玲遠は、いきり立つ男根を下に向けた。明美の膣洞に切っ先が嵌《は》まり、そのまま一気に沈む。

「うほほほほほぉぉぉぉ」

明美は調子っぱずれな悲鳴をあげた。

（うお、締まる。それに温かくて、ヌルヌルしていて、ザラザラしていて、ヤバ、これがオマ×コなんだ。成田先輩のオマ×コ気持ちいい）

香生子の尻を抱しめた玲遠は、その充実した肉感を下腹部に感じながら、明美の締まりを楽しんだ。

「成田先輩。だ、大丈夫ですか？　初めてのとき、その、女性は痛いって聞きますけど……」

「だ、大丈夫よ。あたし、その……香生子に、や、野菜を入れられたことがあるから」

「うふふ、キュウリで破瓜《はか》したとき、明美ったらすごい大泣きしていてかわいかったわ」

目の前で香生子にからかわれた明美は、顔を真っ赤にして吐き捨てる。

「煩い。だから、湊、遠慮しないで、ガンガンきていいわよ」

「わかりました」

入れただけで十分に気持ちよかったが、動いてみたいという本能を抑えがたく感じていた玲遠は、欲望のままに腰を振るい出した。

「あん、あん、あん、あん」

玲遠が腰を振るうと、下腹部に香生子のデカ尻が当たった。

そのせいでまるで二人の女を同時に犯しているかのような錯覚《さっかく》に陥《おちい》る。

四つん這《ば》いの香生子は、眼下《がんか》の明美の顔を至近距離から観察して嘲弄《ちょうろう》していた。

「あは、明美も女だったのね。おち×ちんぶち込まれて、すごい牝の顔になっているわよ」

「だって、こいつのおち×ちん、本当に大きくて、硬くて、熱くて、奥に届いている。子宮にズンズンきて、すごい気持ちいいぃ」

初めてのことで戸惑っていた玲遠であったが、明美の言葉に勇気を得る。

「先輩、ここがいいんですか？」

子宮口を亀頭で押されることに歓喜していることを見て取った玲遠は、意図的にゴリゴリと押してみる。

明美はブルブルと震えた。

「いい、そこいいの、湊のち×ちんちゅごい、いい、いい」

その牝オチぶりに、香生子は呆《あき》れる。

「わたしがかわいがってあげているときよりも、いい顔。湊くんのおち×ちんってそんなに気持ちいいものなの？」

「比べ物にならない。湊のおち×ちん、最高〜〜〜♪」

蕩け切っている明美の姿に、香生子は頬を膨らませる。

「まぁ、いつもわたしがかわいがってあげているのに、そんなこと言われたら妬《や》けちゃうわ」

一方で玲遠は、限界に達してしまった。

「成田先輩、俺もう……」

「いいわ、中で出して、中で味わってみたいの、湊のスーパーおち×ちん」

「わかりました！」

明美のご要望どおり、玲遠は男根を思いっきり押し込んだ。亀頭で子宮口をぐいっと押し込みながら射精する。

ドビュッ！　ドビュッ！　ドビュッ！

「ひぃ、入ってくる。熱い液体が入ってきちゃう！　すごい勢いで溢れかえる！　あっ、子宮の中にまで入ってきちゃう！」

ビクビクビクビク……。

骨太で、肩幅が広く、筋肉がガッツリついた男前のお姉さんが、蟹股開きで激しく痙攣する。

「はぁ……ひぃ……はぁ……ひぃ……」

プシュ……ッ。

明美の股間から熱い飛沫があがったことを、玲遠は気づいた。

それは香生子にも伝わったようだ。

「こら、明美、おしっこ漏らすだなんて、いくらなんでもだらしなさすぎ。先輩としての威厳《いげん》が台無しじゃない」

「だってすごい気持ちよかったんだもん」

ふだんは男前のお姉さんが、すっかり幼児退行《たいこう》したような泣き顔で応じる。

「だからって、うほぉぉぉぉぉぉ」

明美の体内から抜いた男根を、そのまま香生子の膣穴にぶち込んでみた。

いきなり貫《つらぬ》かれた水泳部の前マネージャーは、白目を剝き、背筋をのけぞらしながら、屠殺《とさつ》される家畜のような野太い悲鳴をあげた。

(班目先輩のオマ×コは、成田先輩ほど締まりはよくないな。でも、このヤワヤワした感じが、またいい)

レズ関係にあった相手が、野菜で破瓜していたのだ。当然、香生子も貫通済みだったようである。

玲遠は遠慮なく腰を使わせてもらった。

ズンッ！　ズンッ！　ズンッ！

「ひぃ、ひぃ、ひぃ、なに、これ、すごい、予想以上の充実感。オマ×コがこんなに広げられるだなんて……」

初めて男根を咥えて悶絶する女の下から仰向けになっている明美がからかう。

「あはは、香生子もすごい牝顔じゃない。香生子のこんなだらしない顔、初めて見ちゃった」

「うほ、この子のおち×ちん本当にすごい。子宮にズンズンくる。ああ、子宮が揺らされちゃっているのがわかる。ああ……こんなの女同士じゃ絶対に味わえないわ。気持ちいい、気持ちいい、気持ちいい」

「班目先輩のオマ×コも気持ちいいです。俺、もうダメです。中に出しますね」

「ひぃぃぃ……」

涎《よだれ》を垂らすお姉さまの膣内に男根を思いっきり押し込み、こちらでも子宮口に亀頭を嵌めた状態で射精する。

ドクン！　ドクン！　ドクン！

「あ、あああ、きた。来ちゃった……あああ」

ビクンビクンビクン……。

四つん這いの色白のお姉さんは、仰向けの日焼けしたお姉さんと乳房を合わせながが

ら男に貫かれた裸体を激しく痙攣させた。そして、
ブシュッ
熱いユバリが降り注《そそ》ぐ。

「あれ〜、香生子も漏らしたじゃない。先輩としての威厳はどうしたの？」

明美にやり返された香生子は、シャクリ上げながら応じる。

「だ、だってすごかった。子宮にビュービュー熱いのかけられたら、頭の芯から真っ白に焼き切れたわ。これが本当にイクってことなのね」

「ああ、いままでのあたしたちの関係がおままごとに感じるな」

香生子と明美は抱き合って余韻《よいん》に浸《ひた》っている。

その光景を見下ろした玲遠は、初体験で、しかも、二人の女性を同時に相手にするという高いハードルをどうにか乗り切ったと察した。安堵《あんど》の吐息《といき》とともに男根を引き抜く。

「先輩たちのオマ×コ、どちらもすっごく気持ちよかったです」

「こっちこそすっごく気持ちよかった」

「ええ、思いきって誘ってよかったわ。あ、ちょっとまって」

明美と香生子は、立ち上がろうとしたようだが、腰が抜けてしまっていたらしく、

転がるようにして床に落ちた。

気遣う玲遠の手を振り払い、二人は床にだらしなく侍りながら、上体を起こし、二人の体内で暴れまくった男根を手に取る。

「すごい、二度射精してもまだこんなにギンギンなんだ」

「この性欲の強さ、まさに野獣ね」

うっとりとした表情を浮かべた充実ボディのお姉さまたちは、二人の愛液と精液に穢《けが》れた男根を愛しげに舐めた。

「うふふ、こんな美味しいおち×ちんは、後輩たちに譲れないわ。あたしたちがきっちり味わいつくさないと」

「そうね。これからはわたしたちがこうやって相手をしてあげるわ。だから、独りでも寂しくないでしょ」

たしかに、部活が終わったあと、こんな爆乳先輩たちとのお楽しみタイムがあると思えば、一人寂しい部活に来るのも苦にならない。いや、心躍るというものだ。

玲遠は優しい先輩たちに感謝した。

第三章　破瓜の血に染められたプール

「おはようございます。湊先輩。お待ちしておりましたわ」

夏休みの朝、いつものように部活に参加するために二見高校の室内プールにきた湊玲遠は、男子更衣室で競泳用水着に着替えた。

そして、軽くシャワーを浴びようと、個室の扉をあける。

「えっ⁉」

突如《とつじょ》、聞こえてきた艶っぽい声に驚き視線を下げると、そこには茶色に脱色したパーマのかかった長髪に、黄色の華やかなハイレグぴったり競泳用水着をきたスタイル抜群の少女が正座していた。

一年生のアーティスティックスイミング選手。女子水泳部の部長三戸梓認定の一番の問題児・四天王寺紗理奈だ。

「うわ、なんでこんなところに」

反射的に身を引こうとした玲遠の腰に抱き付いた紗理奈は、ぐいっと個室に引き寄せる。

「しー、静かに願いますわ。先輩たちに見つかったら煩いですから」

「あ、ああ……」

水着に包まれた男の股間に顔を埋めるようにして上を向いた紗理奈は、口元に人差し指を立てる。

それにつられた玲遠も声を低くしてしまった。

狭い室内に男と二人っきりとなった紗理奈は、後ろ手にシャワーのスイッチを押す。

頭上の蛇口から吹き出た適温のお湯が、黄色い水着に包まれた背中に降り注ぐ。

どうやら、水音で話し声を隠そうという作戦らしい。

「三戸先輩たちの監視の目が厳しくて。なかなか湊先輩と二人っきりになる機会が作れなくて。まったく、素晴らしいおち×ちんにひかれるのは女の本能だといいますのに、わたくしのことを淫乱だ、恥知らずだと、好き放題に罵倒《ばとう》してくれましたわ」

「はは……」

玲遠としては乾いた笑いで受け流すしかない。

同じ水泳部といっても玲遠は、この一年生の女子についてそれほど詳しくはなかった。

上級生というのは記憶に残るが、下級生というのはどうしても軽く見てしまい、印象に残りづらいものだ。

それでもこの娘《こ》に関しては、梓が手を焼いている光景を何度も目撃しているので、自然と顔と名前は覚えている。

とはいえ、特に思い入れはなかった。

美人だけど、ぶっ飛んだ性格をしている、明るく元気な娘だなぁ、と他人事《ひとごと》として見ていただけである。

改めて顔を見れば、目鼻立ちのぱっちりした美人顔だ。

自惚《うぬぼ》れるだけあって、一年生といわず、水泳部で一番スタイルのいい女と言っても過言《かごん》ではないのかもしれない。

肌は光り輝くように艶やかで、手足は健康的にのびやか。胸部は大きく張り出し、腹部は細くくびれ、臀部は洋梨のように大きい。バンッキュッボンッという擬音が聞こえてきそうな肢体《したい》は、グラビアアイドルの水着写真から現実世界に飛び出してきたような印象だ。

そんな子に慕われるのは悪い気分ではない。

「まったく、精液が体にかかっただけで、妊娠するかもしれないだなんて、非合理的すぎますわよね」

「……っておい！」

玲遠が感慨《かんがい》に耽《ふけ》っているうちに、両手を伸ばした紗理奈は、競泳用パンツを膝下まで引きずり下ろしてしまった。そして、中を覗き込んで目を見張る。

「まぁ、かわいらしい。湊先輩のあの立派なおち×ぽさまも、ふだんはこんな感じに萎《しぼ》んでいるものなのですね」

前回、女子水泳部員全員で観察、弄んだ男根である。紗理奈は恐れげもなく、通常状態の逸物を興味深そうに手に取る。

「ちょ、ちょっとキミ!?」

「湊先輩は、わたくしのことをよく知らないでしょうから。アピールタイムを設《もう》けさせていただきますわ」

「アピールタイム？」

困惑する玲遠を他所に、にっこりと笑った紗理奈は大きく口を開いた。そして、そのまま小さな逸物を口に頰張ってしまう。

「あむ」

「……あっ」

美少女に逸物を咥えられた状態から、逃げ出せる男というのはそういないだろう。玲遠もまた動けなくなってしまった。

（あ、あたたけぇ）

三年生の成田明美と班目香生子は、楽しげに男根の周りをペロペロと舐めてはきたが、ここまで豪快に頭から咥えてきたことはなかった。

「ふぅ……ふぅ……ふぅ……」

口が塞《ふさ》がっているからだろう。紗理奈は鼻息を荒くし、男の陰毛を揺らしながら一生懸命にしゃぶってくる。

暖かい唾液と舌にねぶられて、小さかった男根がたちまち隆起《りゅうき》してしまう。

「……うむ？」

口内の男根が伸びてくることに驚いた紗理奈は、目を白黒させていったん吐き出す。

「っ⁉」

男の臍に届きそうなほどに反り返った逸物を仰ぎ見て、紗理奈は感動の声をあげる。

「やっぱり湊先輩のおち×ぽさまはすごいですわ。これは惚れますわ。夢に見ますわ。こんなのぶち込まれたらって想像しただけで、子宮がキュンキュン悲鳴をあげますわ」

「だから、きみ、いきなりこんなことは……」

「大丈夫、任せてくださいませ。わたくし、湊先輩に楽しんでもらうために、フェラチオの勉強をしてきましたわ」

得意げな笑みを浮かべた紗理奈は、両手で男根の根本を持つと、正座したまま裏筋を舐め上げる。

「美味しい。まさに美味。こんな大きいものをむしゃぶれるだなんて、なんて贅沢《ぜいたく》な。たまりませんわ」

恍惚《こうこつ》と舐め上げていった紗理奈は、最後に亀頭を頭からかぷっと咥えた。

「ジュルジュルジュル……」

今度は亀頭部だけ口に含み、雁首に唇を駆けながら啜《すす》り上げ、さらに尿道口をチューチューと吸う。

(あ、え、あ、ちょっと、そこ吸う？　や、やめて、そんな大きな目で見ないで)

男根を咥えた紗理奈は上目使いで、玲遠の表情を窺っている。

得意げでキラキラとした眼差しが眩《まぶ》しい。

フェラチオというのは、セックスとはまた違った気持ちよさがある。

ものすごく気持ちよかったが、年下の少女の口戯で翻弄《ほんろう》されていると見られるのは恰好《かっこう》悪い。そう感じた玲遠は、必死に顔の筋肉を整えた。

しかしながら、そんな男の見栄は、女の眼力の前には無意味だったらしい。

男根を縦笛のように口に咥えて見上げてくる紗理奈の顔は、実に嬉しそうだ。せっかくの美人顔が頬を窄めて、口一杯に頬張った男根を啜る。同時に黄色い水着に包まれた臀部を淫らにクネクネとくねらせていた。

（あ、そこをそんなに強く吸われたら、吸い出される。あ、もう……らめ）

セックスやオナニーのときに感じる、内側から溢れ出る昂《たかぶ》りとは違う。外部から吸われる怖さ。まるで尿道をストローにして、睾丸から直接、精液を吸引されるかのような恐怖。しかし、それがえも言われぬ快感となる。

ドビュ、ドビュ、ドビュ。

少女の口の中で男根は脈打ち、そして、熱い血潮を噴き出した。

「う、う、う……」

口内で爆発した男根を、紗理奈は必死になって受け止めたようだが、多少、口の周りから溢れてしまった。

それでもなんとか受けきった紗理奈は、男根から口を離す。

「だ、大丈夫か」

玲遠が気遣うと、満足げな笑みを浮かべた紗理奈は、口唇を開いてみせた。

「……!?」

綺麗な白い歯並びの奥で、舌が真っ白になっている。

思わずたじろぐ玲遠の前で、口を閉じた紗理奈は、眉を寄せながらもゆっくりと嚥《えん》下《げ》した。

それから恍惚とため息をつく。

「はぁ〜濃厚……これが先輩の精液の味なんですのね。すっごく美味しかったですわ」

飲んでいるときの表情から推察するに、実際には美味しくなかったのかもしれない。

しかし、無理やり美味しいと思い込んだようである。

その心意気が嬉しくて、玲遠は胸が熱くなった。

「ねぇ、先輩〜〜〜」

恍惚とした表情となった紗理奈は、一度射精したくらいでは小さくならない男根を右手で握って、頬擦《ず》りをしてくる。

見下ろせば膝立ちとなって開いている細く健康的な太腿の内側が濡れている。それはシャワーのせいばかりではないだろう。

「まずはセックスフレンドからお願いします。この立派なおち×ちんで、わたくしを大人にしてくださいませ」

本人がこう言っているのだ。手を出して悪い道理はなかろう。

(ごくり)

玲遠は生唾を飲んだ。

(この娘のオマ×コ、すごい気持ちいいんだろうな)

グラビアアイドルのような健康的なスタイル抜群の女の子である。そんな娘からここまであからさまに誘惑されて、食指《しょくし》の動かない男はいないだろう。

三年生の成田明美、班目香生子という女性と肉体関係を持ってしまったからこそ、女性を犯したときの感覚が生々《なまなま》しく想像できてしまって男根がイライラする。

それに自分だけ気持ちよく満足して、ご奉仕してくれた女の子をそのまま放置するのは、申し訳ない気分になった。

牡としての本能に突き動かされた玲遠は、力任せに紗理奈を抱え上げる。そして、両手をシャワールームの奥の壁に付けさせると、突き出させた臀部から黄色いハイレグ水着の股布を左に寄せた。

「あん」

皮を剝いた洋梨のような尻があらわとなり、窄まった肛門と黒い陰毛に彩られた鼠径部があらわとなる。

どうやら、陰毛までは染めていなかったようだ。

玲遠がいきり立った男根を、肉裂の狭間にねじいれようとすると、震えた紗理奈が必死に上体をねじって訴えてきた。

「先輩、わたくし、初めてですから、優しくしてください」

「あ、ああ……」

亀頭が柔らかい穴に少し入っている。先端に感じる抵抗は、おそらく処女膜というやつだろう。あとはこれを力任せにぶち抜くだけだ。

玲遠に女を教えてくれた先輩たちの体にはなかったものだけに好奇心を刺激される。しかし、それだけに罪悪感を覚えて、我に返った。

(俺はこの子のことを好きでも嫌いでもない。というか、ほとんど知らないんだよな。それなのにやっていいのか。きっと梓のやつは滅茶苦茶怒るだろうな)

ただでさえ肩身の狭い男子水泳部。女子水泳部の主将からきつく釘を刺されていたことを思い出す。

それでなくとも、部活の先輩として、後輩の女の子に手を出すことに躊躇いを感じる。

また、明らかに三年生の成田明美、班目香生子に対する重大な裏切り行為だろう。

（えーい、くそ。セックスしなければいいんだろう）

自棄《やけ》を起こした玲遠は、頭上からお湯を浴びせてくるシャワーヘッドを手に取ると、紗理奈の右足を抱え上げ、股の下で蛇口を上に向ける。

シャーーーー！！

「はわわわぁぁ、ちょ、ちょっと先輩、あっ、あっ、あっ、それダメ」

陰部をお湯で洗われた紗理奈は、情けない声を漏らしながら全身をブルブルと震わせる。

玲遠は蛇口を女性器に近づけたり遠ざけたりしながら調整し、紗理奈がもっとも感じている部分を探る。

「どうだ？　気持ちいいか？」

「は、はい。き、気持ちいいですぅ、はわわわ」

耳まで真っ赤にした紗理奈はモジモジしながら答える。

（女はオマ×コにシャワーを浴びただけで、オナニーができてしまうって話をどこか

で聞いたことがあったが、どうやら本当だったみたいだな)

昔聞きかじった豆知識が正しかったことに満足した玲遠は、左手で女性器を剝き上げると、陰核を摘まみだしてシャワーを集中させる。

「あ、先輩、そ、そこ、そこは、ああ、そこを、そんなに、されては、わたくし……ひぃぃぃぃぃ!」

紗理奈が甲高《かんだか》い声を出したので、玲遠はいったんシャワーを外す。

「大きな声を出したらダメだよ。三戸に見つかる」

「うっ!」

慌てて紗理奈は両手で口元を押さえた。

その間も、玲遠はシャワーを陰核に当てつつ、さらに指の先でクリクリクリと磨いてやる。

「んんん……」

口元を手で抑えた紗理奈は、顔を真っ赤にし、目尻から涙を浮かべる。

(この子、クリトリス小さいくせに、敏感だな。いや~、この子の感じている表情。エロかわいくていいな)

三年生の先輩方の感じている表情もエロくてよかったが、相手が一年生の後輩だと思うと、かわいさで胸がときめいてしまう。もっともっと感じさせてやりたくなる。

調子に乗った玲遠は、後輩の膣穴の左右に人差し指と中指を置き、V字に開くと、女の秘穴の奥に向かって、シャワーを至近距離から注ぎ込んだ。

「き、気持ちいい〜〜〜〜」

ビクンビクンビクン……。

片足立ちの姿勢で、女性器を男に水洗いされてしまった少女は、激しく痙攣したかと思うと、ヘナヘナと崩れ落ちる。

それを玲遠が背後から抱きしめて床に座らせてやった。

「はぁ……はぁ……はぁ……」

シャワールームの個室で女の子座りとなった紗理奈は、目の焦点《しょうてん》も合っておらず、肩で激しく呼吸しながら、下腹部を激しく痙攣させている。

完全にイってしまったのだ、というのがよくわかる痴態だ。

「これに懲《こ》りたら、あんまり男を舐めないほうがいいぞ」

年上の男としての威厳を見せつけた気分になった玲遠は、シャワーヘッドを元に戻すと、完全に腰を抜かしている後輩をシャワールームに残してプール場に向かう。

その背中に向かって紗理奈は恨《うら》めしげに呟く。

「もう、先輩ったらいけずですわ。ここまでするなら、最後までしてくださってもよろしいのに……」

＊

（あー、ヤバかった。最初に抜かれなければやっちまうところだった……ん？）

二十五メートルプールのある部屋に入った玲遠は、不可思議な光景を目撃した。

白い水着をきた大橋亜衣やオレンジ色の水着をきた富田くるみといった女子水泳部員の一年生五人が、壁際に並ばされていたのだ。

（なにやっているんだ、あいつら）

みな玲遠に気づいていないようである。

「ほら、さっさと見せなさい」

女子水泳部の主将である三戸梓が厳しく命じると、壁際に並んだ一年生は、いっせいに水着のハイレグラインを引っぱり上げた。

「？」

当然、股間部分を褌《ふんどし》のように縦に伸ばしてしまう。

その股間部分に向かって二年生で玲遠と同じクラス、高飛び込みの選手である千葉佳乃が顔を近づけている。

「くるみは問題なし。大橋さんははみ出ているわよ」

「す、すいません。わたし、不器用で……」

おどおどと答える亜衣に、佳乃は厳しく命じる。

「アンダーヘアのお手入れは、女子水泳部員としてのエチケットよ。しかたない。わたしが剃ってあげるわ」

「え、そんな……ご迷惑ですから……」

「いいから、来なさい。毛を見られて恥ずかしいのはあなたよ」

ここに至ってようやく、玲遠は彼女たちがなにをしていたのかを理解した。

(つまり、水着のハイレグラインから陰毛が出ていないかチェックしていたということか)

男子では考えられない作業だが、女子たちの間では大事なことなのかもしれない。

おそらく唯一の男である玲遠が来なかったため、その間に女だけのときにしかできない点検をしていたのだろう。

(女って、男の知らないところで、こんな努力をしていたのか。大変だな)

とはいえ、男子は絶対には見てはいけない場面に立ち会ってしまったのだ。いたたまれない気分になっていると、プールの出入口に向かって亜衣の手を引いた佳乃が近づいてきた。

隠れていることもできず、玲遠は素知らぬ顔で姿を現す。

「おはよう」

「っ⁉　湊が来たわよ」

驚いた佳乃が叫び、直後に女子部員たちは素知らぬ顔で、準備体操を始めたり、プールに飛び込んだりする。

さらに佳乃は、玲遠に胡乱《うろん》な視線を向けてきた。

「今日はずいぶんと重役出勤なのね」

「ちょっとな」

「ふん」

佳乃は鼻を鳴らして通り過ぎようとしたが、手を引かれていた亜衣はおずおずと挨拶を返してくれる。

「お、おはよう、ございます」

「おう」

バタバタしている女子部員たちに気づかぬふりをして、玲遠が準備体操をしていると、梓が近づいてきた。

「なにか見た？」

「いや、なにも」

すっとぼけた玲遠の返答に、梓は物言いたげなジト目を返したが、それ以上の追及せずに話題を変えた。

「四天王寺のやつも遅いわね。寝坊かしら？」

「ああ、そう……みたいだな」

紗理奈はシャワールームで腰を抜かしているはずだが、佳乃や亜衣と鉢合わせする頃には回復していることだろう。

＊

「先輩、お昼ごはんいっしょに食べようよ」

水泳部の練習時間は他の部活と同じで、通常は授業が終わったあと四時から六時まで行われる。

夏休みなどの休日は、午前十時から十二時まで全体練習をし、午後は一時から三時まで個別練習というのが普通だ。

高飛び込みの佳乃や、シンクロの紗理奈などは、練習のために県民プールに出向くこともある。

午前の練習を終えた玲遠が、プールの片隅で母親から持たされた弁当を広げたときだった。

オレンジ色の競泳用水着をきた一年生のくるみが、元気に寄ってきた。

「あ、ああ、俺はかまわないが、俺に近づくと三戸に怒られるんじゃないのか？」

「先輩たちは予備校のテストがあるとかでみんな帰っていったよ」

言われてみると、二年生の姿がない。いるのは一年生ばかりだ。

「あ、そうなのか。ならいっしょに食べるか」

玲遠が頷くと、くるみは飛び上がるようにして、手を振りながら声を張り上げた。

「いいって。みんなで先輩といっしょに食べよう」

くるみの声に応じて、プール場に残っていた一年生女子たちが、華やかに寄ってきた。

「お邪魔しま〜す」

「うわ」

オレンジ色の水着のくるみと、白い水着の亜衣と、黄色い水着の紗理奈などを合わせて、一年生の六人全員がやってくるとは予想しておらず、玲遠はいささか面食らう。

「うふふ、湊先輩」

今朝、シャワールームでフェラチオをしてきた紗理奈は、意味ありげな笑みで玲遠の右横に陣取る。

「し、失礼します……」

左隣には、白い水着の亜衣がおどおどと正座をする。

くるみは、玲遠の真正面だ。

(いやはや、目のやり場に困るな)

華やかな紗理奈や清楚《せいそ》な亜衣は、だれもが認める美少女であろう。幼女体型のくるみも元気娘といった感じで魅力だ。残りの三人の後輩の個性については、いま一つ把握していないが、毎日水泳で適度な運動をしているためだろう。水準以上の美少女に思える。

そんなかわいい女子高生たちが、裸体にぴったりと張り付いた競泳用水着姿をきて周囲に侍っているのだ。

(やばい、おち×ちんがイライラする。勃起しそう)

焦《あせ》る玲遠を囲んで、持参した弁当を食べながら一年生の女子たちは姦しく騒ぐ。

「ほら、別に先輩は怖くないでしょ」

くるみが得意げに、玲遠を仲間に紹介する。

「はい。とってもかっこいいです」

「あはは、ありがとう。みんなもかわいいよ」

「やだ〜、先輩ったらお上手《じょうず》〜♪」

水着姿の青春真っ盛りの女子高生たちは、黄色い歓声をあげる。

そして、このとき玲遠は気づいてしまった。

食事をしながら女の子たちの視線が、チラチラと玲遠の水着に包まれた股間に向かっている。

(勃起するなよ、相棒。ここで勃起したら変態扱いされるぞ)

玲遠は水着の中の相棒に必死に自制を促す。

しかし、そんな努力を嘲笑《あざわら》うように目で合図をしながら、女の子たちはM字開脚になってみたり、胸元を強調した女豹《めひょう》のポーズをとってみせたりしている。

くるみをはじめ、みなニヤニヤ笑っている顔を見れば、意図的だということがわかった。

（きみたち、男を挑発して遊ぶというのは、あまりいい趣味とはいえないと思うよ）

内心で窘めつつ食事が終わった頃、くるみが仲間たちのノリについていけず、モジモジしていた亜衣を促す。

「そういえばあいちん、湊先輩に聞きたいことあるって言っていたじゃん？」

「え、いや、そんな……」

「遠慮することはないぞ。聞きたいことがあるならなんでも聞いてくれ」

玲遠が力強く請け負《お》うと、亜衣はおずおずと語る。

「わたし、いくら頑張っても、上手《うま》く泳げなくて、その……コツなどはあるのでしょうか？」

「コツね。……水泳でも勉強でも、コツコツやる。その王道がコツだよ」

「なんか含蓄《がんちく》のあるお言葉」

手を合わせた紗理奈が、尊敬した顔でヨイショしてくる。

自分ではつまらないギャグを言ってしまったと感じた玲遠は、苦笑して肩を竦めた。

「とはいえ、間違ったフォームで練習しても、間違ったフォームが上手になるだけだからな。俺でよかったら、泳ぎを見てやろうか？」

「いいんですか？」

「ああ、午後は個別練習だろ」

玲遠が請け負うと、亜衣はおずおずと頷く。

「そ、それじゃ、よろしくお願いします」

直後にくるみが手をあげる。

「はいはい、ぼくも見てもらいたい」

「わたしもわたしも」

六人の少女がいっせいに手をあげる。

「ああ、いいぞ」

玲遠は気楽に請け負った。

同級生に負けずに、紗理奈は詰め寄ってくる。

「わたくしも教えてもらいたいですわ」

「いや、シンクロはわからんって」

「もう、いけずですわ」

弁当を包んでいた布を咥えて悔《くや》しがってみせる紗理奈に、他の女の子たちは大いに笑う。

「こんなにお慕い申しているのに、今朝といい、悔しいですわ」

「今朝？　さりちん、なんかあったの？」

くるみに質問に、紗理奈はパーマのかかった茶髪を手で払いながら得意げに応じる。

「うふふ、今朝、わたくし、湊先輩と一線を越えましたのよ」

「一線は越えてない」

玲遠は慌てて否定したが、そのせいでかえって、なにかあったことに信憑性《しんぴょうせい》を与えてしまったようだ。

女の子たちの目の色がかわる。そんななか、紗理奈は自らの体を抱いて得意げに身悶えてみせた。

「シャワールームでフェラチオをいたしましたの。濃厚な先輩の精液を飲みましたわ、わたくし。そのあと濃厚ペッティング。先輩ったらすごいテクニシャンで、わたくし腰が抜けてしまいました。いま思い出しただけで、わたくし、ああ～ん、たまりませんわ～」

膝立ちとなった紗理奈は、左手で乳房を揉み、右手で股間を弄る。ほとんどオナニーだ。

「うわ～、湊先輩、いまの話、ほんと？」

「え、え、まぁ……うん」

紗理奈がまさかここまであからさまに自慢するとは予想しておらず、玲遠は反応に困った。

しかし、ここで否定するのは、紗理奈に対して失礼だろう。

奥歯に物が挟まったような言い回しながらも認めてしまった。

直後に後輩たちは爆発したように騒ぎだす。

「先輩、ずる～い」

「不公平ですわ」

「わたしだって、先輩のおち×ちんを咥えてみたい」

これまた予想外の反応に、玲遠はたじろぐ。

同級生の女子たちには変態扱いされていただけに、下級生にここまで慕われているのが理解できない。

紗理奈はかなりの変わり種《だね》だと思っていたのだ。

「いや、そんなことを言われても」

「ふふん、いまさら手遅れですわ。わたくしと先輩は、あとは結ばれるだけ。先輩、いつでもわたくしの処女を貫いてくださいませ」

そう言うと肩紐を外して、輝くような乳房を見せてきた。

「うわ、さりちん大胆」

紗理奈の行動に触発《しょくはつ》された女の子たちは、負けじと水着の肩紐を外し、乳房を、乳首を見せてくる。

くるみに至っては、水着の股布をずらして女性器を晒した。

「くるみったら、そこまでやる～。それじゃわたしも」

周りの女の子たちもまた、水着の股布をずらして女性器を晒してきた。

「わたくしも、負けてられませんわ」

紗理奈にいたっては仰向けになると両足を抱え上げて、黄色の水着の股布を横にずらす。

「おまえらな」

競泳用水着を半脱ぎにした下級生たちに囲まれて、玲遠は額を押さえる。

「うふふ、この間、先輩のおち×ちんを見せてもらったんだし、ぼくたちのオマ×コを見せるくらいなんでもないよ」

「先輩が見たいんでしたら、じっくり見てもいいですよ」

「あ、あの……わたしは……」

仲間たちの痴態に触発されて、自分もやらねばならないと思ったのだろう。亜衣も震える指先を白い股布に手をかける。

「いや、大橋さんはやらなくていいから」

「いえ、やります！」

玲遠の制止を聞かずに、亜衣まで股布をずらす。

玲遠の周囲で、六人の美少女が水着の股布をずらして、くぱぁ、をしてみせたのだ。

なかなか壮観《そうかん》な光景である。

あまりの絶景に思考停止してしまった玲遠を、くるみが笑う。

「あはは、おち×ちん、大きくなった。先輩のエッチ」

「ほら、バカやってないで、午後の練習を始めるぞ」

玲遠はプールに飛び込んだ。

「もう、先輩ったら、また逃げた。遠慮しなくていいのに」

紗理奈は残念そうな声をあげる。

＊

姦しい昼食の時間が終わり、午後の練習は約束どおり、玲遠が一年生の泳ぎを見てやることになった。

しかし、女の子たちのセクハラ攻撃は止まらない。

くるみの手が、玲遠の水着の腹部から入って、逸物に直接触れてきた。

「あ、こら」

「ニシシ、いいじゃん、さりちんに触らせたんでしょ。ぼくたちにも触る権利があると思うんだ」

そう言われると反論の言葉もない。

以前に女子水泳部の連中全員に、逸物を観察されて、弄ばれ、射精してしまったのだ。

いまさらだという思いもあって、くるみの悪戯を放置した。

「やっぱ大きい」

それを見た女の子たちは、触っていいものだと思い込んだらしい。

どの女の子も、自分が練習を見てもらう番のときには、当たり前に玲遠の水着の中に手を入れてきて、逸物に触れてくる。

くるみの行為を放置した以上、他の女の子たちを咎《とが》めることはできない。

（キミたち、おち×ちんは玩具《おもちゃ》じゃないんだよ。あ、ヤベ、ち×ちんに完全に芯が入って元に戻らねぇ）

独りでシンクロの練習をしている紗理奈を除き、くるみたち五人の面倒を見る。

四人の子が終わり、最後に一番水深の浅い一コースで、一番泳げない亜衣の練習を見ることになった。

前の四人とは違い、亜衣は男根に触れてこない。

それはそれで少し寂しい気もする。

水着の中で芯の入ってしまった男根を持てあましながらも、真面目に指導した。

「大橋さんは、得意な競技はあるの？」

「背泳ぎは、その……楽です」

「楽？」

変な言い回しである。

「なら泳いでみせてくれる」

「はい……」

亜衣は背泳ぎを披露してみせてくれた。

そして、楽と言った言葉の理由を理解する。

（大きなおっぱいって水に浮くんだな。まるで浮き輪みたいになっている）

新鮮な発見に、玲遠は感動した。

しかし、そのせいでバランスが悪いことはたしかだ。

「もっとお尻をあげて」

玲遠が水中から尻を押してやる。

「キャッ」

過剰に驚いた亜衣がバランスを崩した。手足をバタバタさせて溺れたように沈んでいったので、慌てた玲遠は後ろから抱え上げる。

「はぅ」

亜衣が気の抜けた声を出した。

同時に玲遠は、彼女の乳房を水着の上から鷲掴《わしづか》みにしてしまっていたことに気づく。

「あ、ごめん」

玲遠が慌てて、手を離す。いや、離そうとしたのだが、手の甲に亜衣の両手を重ねられてできなかった。

「あの……大橋さん？」

「も、もう少しこのまま……お願いします」

「ああ……」

よくわからないが、亜衣の要望に応える。

（この子のおっぱいって柔らかいな。なんというか普通の女の子のおっぱいというか、脂肪の塊って感じだ）

鍛えられた水泳選手の乳房とは明らかに別物だ。マネージャーの香生子はどんとした迫力の巨乳であったが、こちらは男の手のひらにちょうど収まる美乳だ。

握っている手のひらに、薄い布越しの乳首が感じられる。

（この子、乳首が勃《た》っている。大人しそうな顔して、乳首は大きいのか？　まぁ、おっぱいでかいしな）

その探り当ててしまった乳首を、左右の人差し指の腹で突っついてしまったのはほとんど無意識。牡としての本能的な行動だ。

「あん」

一瞬で離すつもりだったのだが、触ったら指が離れなくなってしまった。

水着の上から女の急所を探り当てられてしまった少女は、首筋まで真っ赤にして小刻みに震えた。

「せ、先輩……って、以前からよくわたしのおっぱい見ていましたよね……」

女という生き物は、男の視線がどこに向かっているか、本能的に察してしまう生き物だと聞く。

「え、あ……ごめん、つい」

動揺して乳房から手を離そうとする玲遠の手を押さえながら、亜衣は訴える。

「いえ、か、かまいません。というか、先輩に見てもらえていて嬉しかったです。それにいまもこうやって触ってもらって……」

「え、いいの？」

「わ、わたし、湊先輩に憧れて水泳部に入ったんです。だ、だから……」

玲遠に背後から抱きしめられたまま、亜衣は赤面した顔でモジモジとする。

白い水着に包まれた臀部に、玲遠の股間が擦り付けられた。

先に四人の女子高生に弄り倒された男根である。もはやギンギンで、収まらない。

亜衣もまた、臀部に当たる男の昂りを十分に意識しての行動のようだ。

「はぁ……はぁ……はぁ……わたしの体なんかでよかったら、先輩の好きにしてください」

亜衣の手に導かれるがままに、玲遠の手が水着の腋の下から入った。

「あん！」

柔らかく白桃のような乳房が、直接、手のひらに収まった。しかし、水着の構造上、そこには手を入れるようにはできていない。

（やばい、水着が破れそうだ）

慌てた玲遠は、白い水着を内側にめくってみる。白い果実が外界にまろび出た。

白い水着の胸部の布地は、双乳の谷間で紐状になる。

（この子のおっぱい、すげぇ綺麗）

感動した玲遠は、両の手のひらに柔らかい乳房を握りながら、桜色の乳首を扱く。

「大橋さんの乳首、すごいコリコリだね」

「す、すいません。あ、でも、先輩に触ってもらいて嬉しい」

三年生の成田明美、班目香生子の乳房も大きかったが、それとはまた違ったタイプの巨乳である。

まだ発展途上。これから男が揉みしだくことによって、どんどん成長するのではないか、と思わせる乳房だ。

「あん、そんな乳首ばっかり……弄られたら、わたし、もう……」
ピンク色の乳首を執拗《しつよう》に責められた亜衣は、トロットロになってしまった。
（この子、本当に乳首が弱いんだな。乳首を弄っているだけで、もう何回もイってい
るみたいだ。かわいい）
男根が水着の中から勝手に飛び出した。そして、ほとんど無意識のうちに、いきり
立つ男根を、亜衣の水着の右足の裏から押し入れる。
「っ⁉」
亜衣が驚き目を剝いている間に、いきり立つ男根を、その尻の谷間に挟んでしまっ
た。
「あ、熱い……」
尻の谷間に直接押し入れられた異物の存在が、なんであるか察したのだろう。火照《ほて》
った顔の亜衣は恍惚とため息をつく。
（あぁ～、気持ちいい、このまま射精してぇ）
乳房を揉みしだきながら、シリコキをしていると、顔を真っ赤にした亜衣が訴える。
「はぁ、はぁ、はぁ……すいません。先輩、もう、我慢、できません。お願い、しま
す。先輩の、おち×ちんを、わたしのオマ×コに入れてください」

「いや、でも、ここでは……」

亜衣の尻の谷間で男根を挟まれているのは気持ちいいが、膣穴に入れたほうがもっと気持ちいい。そんなことはわかり切っている。

しかし、ここは学校のプール。

周囲には亜衣の同級生が五人もいる。

みんなそれぞれのコースで、自分の練習をしていた。

躊躇う玲遠に、亜衣はおずおずと訴える。

「こっそり入れてしまえば、みなさんにバレないと思います」

「こ、こっそり、か……」

玲遠の自制心も、もはや限界だった。

(据《す》え膳《ぜん》食わぬは男の恥。ここまでしてしまった女子に最後までしないのは、かえって失礼か)

欲望に負けた玲遠は、亜衣の尻の谷間から男根を下ろし、後背位で挿入しようとした。

「あん」

玲遠は初めてではない。三年生の二人の先輩との関係で、どこに入れればいいのかは承知している。

しかし、水中で初めての女の子に入れるのだ。

意外と難しい。

(ええい、これならどうだ)

苛立《いらだ》った玲遠は右腕で亜衣の右膝の裏を、左腕で亜衣の左膝の裏を抱え上げた。

そして、いきり立つ男根を、水着の股布のずらされた股間にあてがう。

「ひぃ」

ブツン!

たしかな手ごたえとともに、男根が乙女の体内に呑み込まれた。

背面の立体での挿入。いかに男に膂力《りょりょく》があろうと、水中でなければ難しい体位だろう。

(これが大橋さんのオマ×コの犯し心地。すげぇ成田先輩とも、班目先輩ともぜんぜん違う。キューッと締まる)

あまりの締まりのよさに感動しながら、身を硬くしている少女にお伺《うかが》いを立てる。

「あの……大橋さん、やっぱり、その初めて?」

「はい、処女ですいません」

「いや、謝るようなことじゃないよ」

初めての少女の犯し心地に酔い痴《し》れていると、プール場全体に響き渡るくるみの大声があがった。

「あ〜、先輩。あいちんとやっちゃっている」

「なんですって、わたくしがいくらお誘いしても入れてくださいませんでしたのに」

独りでシンクロの練習をしていた紗理奈も血相を変えて泳ぎよってくる。

結合している玲遠と亜衣の周りを、五人の水泳部員が囲んだ。

「さすがあいちん、湊先輩の鉄の理性を崩壊《ほうかい》させるだなんて、魔性の女だね」

感心するくるみの横で、紗理奈は盛大に悔しがる。

「くぅ〜、ゴール直前で差し込まれた気分ですわ。まさか、この状況で最後までやる娘がいるだなんて、不覚でしたわ」

ひとしきり悔しがったあと紗理奈は、亜衣の鼻先にビシと人差し指を突き出す。

「よろしいでしょう。大橋亜衣。わたくしのライバルと認めますわ」

「？　はぁ、はぁ、はぁ」

いきなりのライバル宣言に、亜衣は戸惑ったようだが、紗理奈は委細《いさい》かまわずまくしたてる。

「湊先輩の女としてどちらが相応《ふさわ》しいか勝負ですわ」

「わ、わたしは別に湊先輩を独占しようだなんて、思っていません」

「くぅ〜、物わかりのいい女を演じて、先輩の好感度を稼ごうだなんて、なんて卑劣《ひれつ》な女ですの」

プールの水を掻《か》き上げながら地団駄《じだんだ》を踏む紗理奈を放置して、くるみは亜衣の顔をしげしげと眺める。

「へぇ〜、女っておち×ちんを入れられるとこんな顔になっちゃうんだ。あいちんの顔、エロ〜」

「ああ、見ないでください」

いまさらながら亜衣は必死に両手で顔を隠す。

「うふふ、水中はどうなっているのかな?」

悪戯っぽく笑ったくるみは、ゴーグルを着けるとプールにもぐった。

そして、男女の結合部を観察したあと、水面に顔を出す。

「ずっぽり串刺しになっていた」

ゴーグルを額にあげたくるみは、興奮した顔で仲間たちに報告する。

「湊先輩のぶっといおち×ちんが、あいちんのオマ×コを広げて、がっつり入っていたよ。ねぇねぇ、あいちん、湊先輩のおち×ちんどこまで入っているの？　子宮に届いている？」

「と、届いています……奥にぴとっとくっついているのがわかります……」

亜衣は恥ずかしがりながらも、少し嬉しそうに解説する。

くるみはますます興奮した顔で詰め寄った。

「ねぇ、どんな感じ？　痛い？　気持ちいい？」

「少し、痛いですけど、それ以上に、すっごく気持ちいいです。なんというか、子宮から温かくて、とっても幸せな感じ……」

「うわ～いいなぁ、ぼくも湊先輩のおち×ちん入れてほしい」

くるみの叫びに周囲の一年生も同調する。

「わたしもわたしも」

「わたしも先輩のおち×ちんで貫かれたいです」

「負けてられませんわ」

女たちの歓声のなか、紗理奈は玲遠の背後から抱き付き、両足を腰に回してきた。

当然、背中には水着越しの双乳が押し付けられる。

「先輩、次はわたくしですわ。早く、そのむっつりスケベ女を終わらせてくださいませ」

「くっ」

亜衣を犯しているだけでも、十分に気持ちよかったのに、背後から紗理奈の温もりが襲ってきたのだ。

（あ、やばい、出る……）

女肉によって挟まれてしまった玲遠は、たちまち限界を迎えてしまった。

ドクン！　ドクン！　ドクン！

「あぅ」

水面から顔だけ出した亜衣は、天井を仰ぎ、顎をあげて震える。

その様子からくるみが察したようだ。

「あ、あいちん、いま中出しされている？　されちゃっている？」

「は、はい。あぁ～～～ん」

「すっごい気持ちよさそう……」

見守る水泳部員は、みんな水着越しに胸や股間を押さえる。

「くぅ、先輩に中出しされるなんて羨ましいですわ～」

紗理奈の歯ぎしりする声を聴きながら、射精を終えた玲遠は、亜衣をプールの縁にあげた。

初めての体験で足腰から力の抜けてしまった亜衣を、プール内に放置すると溺れる危険があると感じたのだ。

そして、向きを変えた玲遠の元に、五人の水着少女が詰め寄る。

「あいちんに手を出したことが、三戸先輩にバレたら大変ですよ」

「絶対に、ゲキオコしますね」

「あのヒステリー女に知られないためには、わたしたち全員とやって口止めするしかありませんわ」

紗理奈の主張に、他の少女たちも賛成する。それを受けて、玲遠はやけっぱちに応じた。

「ああ、もういい、わかった。やられたいやつは全員やってやる。ヒーヒー言わせてやるから覚悟しろよ」

「やったー」

女子水泳部員の一年生たちは歓声をあげ、紗理奈が詰め寄る。

「次はわたくしの番ですわ」

「ああ、そうだな」

朝、フェラチオをしてもらい、シャワーで陰部を洗ってイかせている。

他の女の子よりも優先させるべきだろう。

玲遠は、紗理奈の右足を大きくあげさせて、水面から出し、I字バランスの姿勢を取らせる。

さすがアーティスティックスイミング選手。股関節が柔らかい。

本来なら、ここからじっくりと愛撫してやるところなのだろうが、もう十分に興奮しているようだし、水の中だ。愛液がなくとも入るだろう。

玲遠は獣欲の赴くままに、黄色の水着の股布を退《ど》かし、男根をぶち込んだ。

ブツン！

処女膜を突き破ったたしかな手ごたえとともに、男根は呑み込まれる。

「あん、これが先輩のおち×ぽさま、奥にまでぱっちり届いて、気持ちいいですわ～」

「キミのオマ×コも気持ちいいぞ」

「当然ですわ。でも、先輩に喜んでもらえて、とっても嬉しいですわ～」

玲遠は本能のままに活《い》きのよい牝をいただく。

（うお、この子のオマ×コ、すげぇ襞豊富。ざらっざらだ。まるで猫の舌みたいだ。

たまらねぇ)

水中で夢中になって腰を振るった玲遠は、躊躇いなく女の最深部に向かって射精した。

「ああ……すごい、中で溢れかえる」

自ら望んだこととはいえ、破瓜と初めての膣内射精の感覚は大きいのだろう。目を見開いて呆然としている紗理奈を、亜衣と同じようにプールの縁にあげて寝転がらせる。

玲遠はまだまだやらねばならない女たちがいた。固唾《かたず》を飲んで見守っていた少女たちの中から、幼児体型の少女を抱き寄せる。

「くるみ、いいんだな」

「うん、ぼく、先輩にやられるの、昔から夢だったたし」

「そ、そうなのか」

後輩の気持ちにまったく気づいていなかった玲遠は狼狽する。

「先輩のおち×ちんでいっぱいズコズコしてもらいたいんだけど、痛いのはちょっと嫌かな?」

「ああ、そうだな」

かわいい後輩に痛い思いをさせるのは、玲遠の本意ではない。

「あ、でも、あいちんや、さりちんの破瓜の様子見ているとあんまり痛くなさそうだったよね。もしかしら、水の中だとあんまり痛くないのかも。だから、ぼくも、このままお願い」

くるみは、プールの脇に備え付けられている鉄パイプで作られた梯子《はしご》を、後ろ手に摑んで股を開いた。

「あ、ああわかった」

まるで妹のようにさえ感じる古い付き合いの後輩の初めての男になる。

恋心はなかったつもりなのだが、男根のほうはいきり立ってしまった。

二人の処女を奪ったばかりの男根を、そのまま三人目の処女に押し込む。

「うっ」

男根は狙いたがわず呑み込まれた。

しかし、中学生体型の少女である。水中の結合部を見下ろした玲遠は少し罪悪感を覚えた。

(くっ、いままでのオマ×コの中で一番締まるというか、一番狭いな)

キツキツ肉洞に酔い痴れつつ、ふと疑問が浮かんだ。

「そういえば、おまえ、妙にオマ×コばかりアピールしてきたよな」

「そりゃ、ぼく、おっぱい小さいじゃん。おっぱいだと、あいちんやさやちんに勝てる気しないから、オマ×コで勝負すべきかなって思って」

恥ずかしそうなくるみの主張に苦笑した玲遠は、その小さ乳房を握りしめ、小粒な乳首を摘まむ。

「おまえな。おっぱいに貴賤《きせん》はないんだ。小さいのは小さいので希少価値なんだぞ」

「そ、そうなの？」

「ああ、俺は、おまえのおっぱいも好きだぜ」

玲遠は小さな乳房を揉みしだきながら、男根を激しく抽送させる。

「ああん、嬉しい。先輩が好きなら、ぼくおっぱいが小さくてもいいや」

「ああ、くるみのおっぱいは俺のものだからな」

嘯《うそぶ》きながら、玲遠はかわいい後輩の初めての膣洞を堪能する。

（おお、くるみのオマ×コはグリグリといい感じに締まる。くるみ割りされるみたいに割られそうというのは、さすがに大袈裟《おおげさ》だが。でも、気持ちいい）

悪戯感覚で楽しんでいる雰囲気のくるみであったが、破瓜の痛みをまったく感じてないわけではないようだ。

長引かせるのは可哀そうだと感じた玲遠は、我慢することなくくるみの体内でも射精させてもらった。

「ああん、ぼくの中にもきちゃった。ああ、先輩のザーメン温かい」

初めての膣内射精で牝声をあげて惚《ほう》けてしまったくるみを、前の二人と同じようにプールの縁にあげて、玲遠は残りの三人に確認をとる。

「君たちもいいんだな」

「はい。湊先輩の女にしてもらいたいです」

かくして、玲遠は女子水泳部一年生六人全員の処女をプール内で割ってしまった。

(ヤバ、どの子のオマ×コも気持ちいい、やめられねぇ)

＊

少し前まで穢れをしらない乙女であった女の子六人は、プールからあがった玲遠に身を預けて寛《くつろ》いでいた。

「一年生全員、やられちゃいましたね」

恍惚とした表情の亜衣がため息をつく。

「さすがわたくしの見込んだ殿方ですわ。こんなにすごいだなんて……もう先輩のおち×ぽさまから離れられる気がしませんわ。これがおち×ぽさまの奴隷にされるということですのね」

紗理奈は相変わらずハイテンションだ。

そんな少女たちに向かって、玲遠は恐るおそる提案する。

「おまえら、あの……やっちまったあとにこういうことをお願いするのは気が引けるんだが……」

くるみがみなまで言うな、といった顔で応じる。

「わかっているよ。三戸先輩たち二年生には絶対秘密だね」

亜衣は真面目な顔で頷く。

「拷問されてもいいいません」

「いや、そこまでの覚悟はいらんから」

玲遠の腋の下に顔を突っ込みながら紗理奈は請け負う。

「ご心配なく。あんな精液を浴びたら妊娠するなんていう、オマ×コに苔《こけ》が生えてそうな先輩たちには絶対に邪魔させませんわ。わたしたちは湊先輩のおち×ちんを毎日心ゆくまで楽しみたいんですもの」

「そうそう、これから部活に来る楽しみが増えちゃった。ね、あいちん」

「はい、楽しみです」

おとなしい少女に思われた亜衣までやる気満々《まんまん》である。

(みんなかわいくて、セックスできるのは嬉しいんだけど、成田先輩と斑目先輩もいるんだよな。大丈夫か、俺)

六人の淫乱年下少女に囲まれて、いささか背筋に冷たいものを感じる玲遠であった。

第四章　日焼け少女の秘蜜の痴態

「なんであんたなんかといっしょに出掛けなくちゃいけないんだか」

夏休みの日曜日、二見高校水泳部唯一の男子部員たる湊玲遠は、市営バスに乗っていた。

ギュウギュウの鮨詰《すしづ》め状態の車内で立つ玲遠の胸元に立ってぼやいているのは、女子水泳部キャプテンの三戸梓である。

白い半そでの開襟ワイシャツと、鼠《ねずみ》色に白と赤のチェック模様の入ったミニスカートという二見高校の夏の制服をきていた。

女としては中肉中背。短めの黒髪を後頭部で縛ったショートポニーテールにしているせいか、若干釣り目ぎみになっている。

見るからに気の強そうな顔立ちをした、気の強い女だ。

この夏、海に遊びにいったのか肌は浅黒く日焼けしており、手足は引き締まっていて、いかにも俊敏《しゅんびん》そうだ。

「イヤなら、一つあとのバスに乗ればいいだろ」

「あんたね。一つ違うだけで三十分違うのよ」

同じ高校の同じ部活に所属しているからといって、玲遠と梓の関係は良好とはいえない。

それどころか梓は、水泳部唯一の男子たる玲遠を邪魔者扱いしている。

女子、特に一年生女子が玲遠に好意を向けている様子を苦々《にがにが》しく思っているのだ。

「あいつのせいで、一年生が真面目に練習しないのよ」

「ほんと、これだけ女子がいる中で男独りいるってどういう神経なのかしら？」

同じ二年生で、高飛び込みの選手の千葉佳乃と二人、わざと玲遠に聞こえるように陰口を言い合っている。

そんなよく言って冷戦関係にある二人が、なぜいっしょにバスに乗って移動しているかといえば、県の強化選手に選ばれたからだ。

本日、県民プールにて、元オリンピック選手が指導してくれるイベントがあり、それに参加することを玲遠と梓は求められたのだ。

当然、二見高校だけではなく、県内高校の有力水泳選手は軒並み呼ばれている。

彼、彼女らがみな、県庁所在地のある駅から県民プールにいくためにはこのバスに乗るしかない。結果として車内は満員御礼状態になっているのだ。

「ちょっと変なところ触らないで」

「無茶を言うな」

玲遠の胸に顔を押し付ける形になった梓が、苦々しく文句を言う。

どうやら、玲遠の背後にも他校の女生徒がいるようで、背中に柔らかい肉塊《にっかい》を押し付けられている感覚があった。

押し返すわけにもいかない。

「っ⁉」

文句を返しながら見下ろした玲遠の視線が、白い開襟シャツの胸元に入った。

一瞬、ドキッとしたが、胸元はぴったりとした灰色の布で覆われている。

どうやら、制服の下に競泳用水着を着用しているようだ。

(しかし、こいつのおっぱいって最近、急に大きくなったな……硬そうだけど)

小学校、中学校ともに違う二人だが、小学校時代から同じスイミングクラブに通っていた関係で、付き合いは古い。

梓の胸がペタンコだった時代から玲遠は知っている。

高校二年生となった現在も、贅肉は感じられないが、女らしい凹凸には恵まれてきていることは、水着姿から否応《いやおう》なく伝わってきていた。

体は決して大きくないのに、胸部は大きく張り出し、引き締まった臀部はキュッと吊り上がっているのだ。

玲遠の胸に手を置き、顔を引き剝《は》がしながら梓は苦々しく吐き捨てる。

「まったくむさくるしい。なんだってこんな筋肉達磨がいいのか、あの子たちの気持ちがわたしには理解できないわ」

「俺がいい男だからじゃねぇの？」

「はぁ？」

玲遠の軽口に、梓は露骨に顔を顰める。

「勘違いしないことね。あの子たちは単に男が珍しいのよ。珍獣扱いされているだけだから」

「あ、はい」

梓の意見を、玲遠はあえて否定しなかった。

実はすでに、一年生女子の六人と肉体関係を持ってしまっているのだが、そんなことは口が裂けても言えない。

「ふん」

鼻を鳴らした梓は、これ以上、玲遠の胸板など見ていたくないとばかりに背を向けて窓の外を見る。

それはいいのだが、結果、玲遠の腰が梓の襞スカートに覆われた臀部にくっついてしまった。

思春期の男子の腰には、本人の意思では自由にならない器官がある。

ズボンの中でたちまちのうちに成長した肉棒が、襞スカートの中にある肉桃の割れ目に嵌《はま》ってしまった。

「っ⁉」

目を剝いた梓が、肩を怒らせて背後にジト目を向けてくる。

「なに押し付けているのよ。痴漢で訴えるわよ」

両手をあげた玲遠は、精いっぱいの無罪を主張する。

「いや、他意はない。押されているから仕方なくだ」

「へぇ〜」

蔑みの表情を浮かべた梓であったが、動けないという意味では彼女も同じである。

それ以上はなにも言わなかった。

（こ、こいつ尻、小さいのに硬くて、ハードグミみたいな弾力だな。やべ気持ちいい、これじゃ戻らねぇ）

プリケツの尻の谷間に男根を挟んだまま玲遠は硬直していたが、約五分後、市営バスは県民プールに到着した。

＊

「はぁ、はぁ、はぁ、きつー」

県内から選抜された選手への特別指導である。当たり前ではあるが、その練習のレベルは高い。

とはいえ、小学校中学校での知り合いやライバルと再会できて楽しかった。

大いに満喫《まんきつ》して通路の椅子に座り休憩しているところを、灰色のスパッツ型の水着をきている女がチョロチョロしているのが目に付く。

引き締まった体軀に、胸元はぐいっと突き出し、引き締まった臀部がきゅっと吊り上がったメリハリボディだ。

「おー、三戸か、どうしたんだ。そんな血相を変えて」

「あ、湊。いえ、その……」

梓にしては珍しく、小動物のように落ち着きがなく、歯切れが悪い。

小さく口を開閉させて、なにか言ったようだが、上手く聞き取れなかった。

「ん？」

聞き返す玲遠に、内股になり、両手で股間のあたりを押さえた梓は、言いづらそうに口を開く。

「だ、男子トイレ、空いていないかしら？」

「はぁ？」

困惑する玲遠に、赤面した梓は黒い瞳を泳がせる。

「……女子トイレいっぱいなの……」

「あ、ああ……そ、そっか」

「あ、やっぱりいいわ。ほかのトイレ探すから」

パタパタと駆けていこうとする女子水泳部の主将の右の手首を、男子水泳部の主将は握った。

「おまえな、高校生にもなって公共の場所で失禁とか。おまえの部長としての威厳は地に落ちるぞ」

「で、でも……」

「いいから、俺についてこい」

梓を連れて男子トイレに向かった玲遠は、まずは自分だけ入って確認する。

その背中に、梓が切羽《せっぱ》詰まった声をかけた。

「だ、だれもいない？」

「ああ、大丈夫だ。入ってきていいぞ」

玲遠に導かれ、梓はおっかなびっくり男子トイレに入る。

「こ、ここが男子トイレ……」

異性のトイレに初めて足を踏み入れたのだろう。恥ずかしく思いながら好奇心を抑えきれずにキョロキョロしている梓に向かって、玲遠は個室の扉を開いて促す。

「ほら、入れよ」

「う、うん、ありがとう……」

珍しくしおらしいお礼を言った梓がトイレの個室に入ろうとしたとき、出入口に気配がした。

「え、だれか来た！」

慌てて個室の扉を閉める。

和式の便座のある狭い室内に、玲遠と梓は向かい合って立っていた。

「……っ！」

目を見張った梓は、口を開きかけて止まる。個室とはいえ、ここで声を出したら、戸外で小用を足している男子に聞きとがめられると察したのだろう。

薄い唇から小さな声を絞り出す。

「なんであんたまで入ってきているのよ」

聞き取りづらかったが、なにを言っているのかはわかった。付き合いが古いゆえ、というよりもこの状況なら、その台詞《せりふ》しかないだろう。

玲遠もまたジェスチャーまじりに小さな声で応じる。

「いや、とっさのことだったから」

だからといっていまさら玲遠だけ外に出ることもかなわないだろう。男子用便器で小用を足している気配がある。

もし玲遠が個室から出たら、梓が見つかる可能性が大だ。

梓は辛《つら》そうに、下腹部を押さえて震えている。

見かねた玲遠が促す。

「まぁ、とにかくしろよ。漏れちまいそうなんだろ」

「くっ」

下腹部を押さえて内股になった梓は、殺人を犯しそうな目で玲遠を睨んでくる。

だからといってどうすることもできない玲遠としては、肩を竦めて、そっけなく目を瞑《つむ》る。

(見なきゃいいんだろ、見なきゃ。別におまえの小便している姿になんて興味ねぇよ)

玲遠の態度から言わんとしていることを察したのだろう。そして、なによりも尿意の限界に達していたらしい梓は、諦めのため息をつく。

「目を開かないでよ。開いたら殺すから」

物騒《ぶっそう》なことをいながら、目を瞑った男の前でゴソゴソと動きはじめる。

(なんだ？　この衣擦れの音は)

違和感を覚えた玲遠は、恐るおそる薄目をあけて眼前の光景を確認してしまった。

同級生の少女は、灰色の水着の肩紐を外していた。左右の肩紐を外すと、ぐいっと薄皮を剝くようにして水着の上半身を下ろす。

前方にぐいっと飛び出した白い双乳があらわとなる。

顔、首筋、肩、鎖骨などは浅黒く日焼けしていたのだが、乳房までは日焼けしていなかった。海ではビキニ水着だったことがわかる、日焼けの跡だ。

「っ」

思わず息を飲んでしまった。

気配を察したのだろう。ショートポニーが揺れて、梓が顔をあげる気配があったので、玲遠は慌てて目を閉じる。

(でも、なんでこいつ水着を脱いでいるの?)

目を閉じた玲遠は、衣擦れの音を聞きながら思案《しあん》する。

水着女性の便器の作法《さほう》は知らないが、なんとなく想像はつく。

おそらく、水着の股布を横にずらして陰部を露出させて致すのだろう。

しかしながら、今日の梓はスパッツ型の競泳用水着を着用していた。

水着の生地が、太腿の半ばまであるのだ。これでは簡単にめくって陰部を露出させることはできない。

では、どうするのか?

その答えが、現在、梓が行っている作業ということだろう。

すなわち、水着を脱ぐ。

(全裸にならないと、用を足せないのか⁉)

昔の競泳用水着の世界では、男女ともに足をすべて見せるハイカット型が主流だったらしい。

しかし、セクシャリティのことが煩く言われるようになり、スパッツ型に移行していった。

いまや男はスパッツ型が当たり前だ。しかし、女性はハイカット型とスパッツ型が共存している。

世界大会などテレビで中継されるオリンピックに出場するような一流選手たちはスパッツ型が大半だ。しかし、スクール水着や一般人、高校生選手でも地区予選や県大会レベルだとまだまだハイカット型が多い。

その理由を深く考えたことはなかった。なんとなく、女のお洒落へのこだわりかな、と思っていた程度だ。

とはいえ、改めて考えてみると不思議である。

ハイカット型では、ビキニラインを晒し、後ろから見ると、尻肉がはみ出ているのが普通だ。

男の目線的には嬉しいが、女は嫌がるのではないだろうか。

体操服の世界でブルマが廃《すた》れて、短パンが穿かれるようになったように、水着の世界でもハイカット型は廃れて、スパッツ型に移行するはずだ。

しかし、現実にはそうはなっていなかった。

なぜ、体操服と違って、水着の世界で革命が起きなかったのか、その原因がこれだったのだろう。

男は、ハイカット型だろうと、スパッツ型がろうと、用を足すときの手間はかわらない。

しかし、ワンピース水着を纏った女にとっては大違いだ。

つまり、ハイカット型なら股布をちょっと横にずらしただけで、陰部を外に出して用を足すことができるのに対して、太腿まで覆われたスパッツ型ではそうもいかない。用を足すためには水着そのものを脱がなくてはならなくなるのだ。

この面倒臭さゆえに、スパッツ型は主流にならず、いまだにハイカット型が愛用されるのだろう。

（でも、三戸のやつ、学校ではハイカット型だったよな。なんで今日に限ってスパッツ型にしたんだ？）

おそらく、今日は、県内の強豪選手が集まって行われる強化訓練。水泳の上級者が集まる場所では、ハイカット型ではなく、スパッツ型の水着をきるのがフォーマルだったのだろう。

（なるほど、みんないちいち水着を脱いでいたら、そりゃ女子トイレは混むよな）

同情した玲遠は、改めてそっと薄目をあけてしまった。

すでにスパッツ型の水着を脱いで素っ裸となっていた梓は、和式便器を跨《また》いでしゃがみ込んでいた。両膝の上に脱いだ水着を抱えている。

「はぁ～」

安堵の吐息に続いて、水が陶器を打つ音が聞こえてくる。

シャー……。

よっぽと我慢していたのか、けっこう勢いがいい。

脱いだ水着を両膝の上に抱えているから、下半身の様子は見えないが、梓の顔と乳房は見ることができる。

（三戸のやつ、おっぱいも生意気そうというか、弾力すごそう。まるでゴム毬《まり》みたいに触ったら弾き飛ばされそうだな。それにおしっこしている顔って、まるでイっている表情みたいだ）

むろん、梓のイキ顔を見たことはないが、その放尿顔を見ながら玲遠は勝手にそんな想像をしてしまった。

玲遠が、女の放尿姿を見るのは初めてではない。

男根を挿入して、激しく突き上げてやると、膀胱《ぼうこう》まで圧迫されてしまうのか、漏らしてしまう女はたまにいる。

また、絶頂を極めて放心し、下半身の力が完全に抜けて、尿道まで緩《ゆる》んでしまって失禁してしまう場合もあった。

いずれにせよ、男にとってセックス時の女の失禁姿というのは、意外と嬉しいものである。

男にとって射精が気持ちいいように、女が失禁するほど気持ちよかったのだ、と錯覚してしまうからだ。

そのせいか、放尿している女の顔というのも、なぜか気持ちよさそうな表情に見えてしまう。

そして、男はそういう邪《よこしま》な願望が、肉体変化に現れてしまう生き物である。

目の前で、幼馴染みの、それもけっこうな美少女が素っ裸になって、おしっこをしているのだ。このような状況なとき、男は無反応でいられるだろうか？

便座に跨《またが》っている少女の鼻先が、ちょうど玲遠の競泳用水着に包まれた股間にあった。

「っ⁉」

ムクムクムクムク。

鼻先で水着の中からテントを張っていく光景に気づいた梓は、軽く目を見張った。

そして、ジト目を上に向けてくる。

「……」

玲遠と梓の視線が正対してしまう。

冷や汗を流す玲遠に、梓が冷めた表情で口を開く。

「ねぇ、女がおしっこしている姿見て、楽しい？」

「い、いや……」

「ふ～ん」

もの言いたげな軽蔑した表情の梓は、いつのまにか放尿が終わったらしく、トイレットペーパーを取り、股間を拭《ぬぐ》ったあと、排水する。

それから素っ裸のまま堂々と立ち上がった。

胸元と腰回りだけ白い。綺麗なビキニの日焼け跡の残る体は引き締まっていて、ピチピチの鮎《あゆ》のようである。

白い股間では楕円形に広がった黒い陰毛が茂っていた。

「……」

そのあまりにも堂々たる裸体に圧倒され、慌てて視線を逸らした玲遠であったが、意思の力とは関係なく、磁力に引き寄せられるようにどうしても双眸《そうぼう》が引き寄せられる。

そんな男の視線など、梓はまったく意に返すことなく、右足をあげて水着の足穴に通し、ついで左足をあげて水着の足穴に通す。それから水着をたくし上げて、両の肩紐を整えた。

「さて、ありがとう。助かったわ、いきましょう」

再び競泳用水着を纏った梓は何事もなかったかのように、玲遠を促す。

たしかにここでの用事は終わった。

しかし、玲遠には出るに出られない事情ができている。

「あ、あの三戸、悪いんたけど、俺が出れねぇ」

玲遠は競泳用水着を突き破らんばかりに勃起した下半身を指し示す。

梓は冷めきった眼差しで、男の事情を一瞥《いちべつ》する。

「だから？」

「いやだから、こんな状態で外を歩いたら、笑い者だ。その……できたら、抜いてくれない？」

玲遠の恐るおそるの提案に、梓の眼差しは氷点下に落ちた。

「なんでわたしがそんなことしなくてはいけないの？」

「おまえのせいでこんなことになっているんだから、責任を取るってことで。それに俺が出ないとおまえも出られないだろ」

玲遠の誘導なしに、女一人で男子トイレから脱出するのは危険すぎる賭《か》けであろう。

その意図を察した梓は溜息をつく。

「まったく、人の弱みに付け込んで最低ね。ようするにあんたのそれを小さくすればいいんでしょ」

宣言と同時に梓は、右手を下から掬い上げるようにして、玲遠の競泳用パンツに包まれた股間を鷲掴みにした。

「っ⁉」

女の子の手で股間を握られたのだ。玲遠は一瞬歓喜したが、即座に意図しない状態。すなわち、生命の危機に落ちたことを知った。

グイッ！

手にした男の急所を、梓は思いっきり握ったのだ。いや、それだけではない。摑んだものを左右にグリグリと捻った。

「はぁっ、○▲□〜〜〜!?」

玲遠は声にならない悲鳴をあげて悶絶する。

そして、梓は手を離した。

「ほら、小さくなった。これでいいでしょ」

慌てて両手で股間を押さえた玲遠は、涙目で梓に詰めよる。

「お、鬼か、おまえ……男にとってキンタマがどういうところか」

「いいから行くわよ、変態」

脂汗を流しながら抗議する玲遠にみなまで言わさず、梓は澄ました顔で促す。

たしかに男子トイレに人がいない瞬間だった。

その隙《すき》を見計《みはか》らって二人は、男子トイレを脱出する。

＊

「はぁ〜、昨日はひどい目にあった。二度とあいつの願いはきかねぇ」

県の強化練習が行われた翌日、玲遠はいつものように学校の部活に向かう。

すると入り口に白い開襟のワイシャツに、鼠色にチェック模様の入ったミニスカートという二見高校の夏の制服をきて、癖っ毛をカラーゴムで縛って無理やりツインテールにした小柄な少女の後ろ姿があった。一年生の富田くるみだ。

玲遠にとって、昔っから慕ってくれているかわいい後輩である。

「どうしたんだ？」

玲遠が声をかけると、くるみは難しい顔で振り返る。

「あ、先輩、近くの水道管に砂利が入ったから、今日は、水質検査をするからプール使えないって。だから、部活はお休みだって、いっせいメールで連絡あったみたいなんだけど、ここに来るまで見てなかった」

「そうなんだ？」

玲遠は自分のスマホを確認する。

連絡が入った形跡《けいせき》はない。

(顧問の先生よ。やる気がないのはわかるが、こういうことは女子だけでなく、俺にも連絡してくれ)

顧問の先生的には、梓に連絡すれば、当然、玲遠にも報せ《しら》がいくと思っているのだろう。

梓の玲遠に対する態度の悪さを知らないのだ。

（特に昨日のあれが拙かったよな）

玲遠としては、困っていた梓を助けてやったつもりである。しかしながら、結果として、梓の素っ裸のみならず、放尿する様子まで拝見してしまった。

ただでさえ低かった梓からの好感度は、さらに低くなったのだろう。

諦めの溜息をつく玲遠に、くるみが声をかける。

「ぼく、このまま帰ってもやることないんですよね～」

「俺もだ」

玲遠は肩を竦める。

部活で時間を潰すしか趣味のない男だ。それはくるみも同じなのだろう。

くるみは不意に閃《ひらめ》いたようだ。

「ねぇ、先輩。どうせだから、これからデートしませんか？」

「デートだ？」

その甘美な響きに、憧れは感じる。

三年生の成田明美、班目香生子と肉体関係こそあるが、彼女たちが男子更衣室に忍んできたときにやるだけの、セックスフレンドという枠を出ない。

一年生の富田くるみ、大橋亜衣、天王寺紗理奈など六人と同時に一度だけ関係を持ったが、一度だけだ。その後は二年生の厳しい目があって、再戦の機会を持てずにいた。

よって、玲遠はまだデートというものをしたことがない。

「いや、いきなりデートと言われてもな。俺、金ないぞ」

甲斐性のなさに自分でも情けなくなるが、アルバイトもしたことのない高校生だ。財布の残高は、缶ジュースを飲めば消える。

「そうだよね。とりあえず、校内の散歩でもしよう。ぼく先輩といっしょにいられるだけで楽しいから」

「ああ、そうだな」

散歩ならば金はかからない。

貧乏学生二人は、とりあえず連れ立って校内に入った。

「だれもいないね」

「ああ、夏休みだからな」

当然な光景だろう。しかし、人のない校舎、話し声のしない廊下というのは、ふだんの学校生活では決してありえない光景だ。新鮮な眺めではある。

そこを歩くというのは、ちょっとした冒険気分だ。

「ニシシ、先輩♪」

不意にくるみが、玲遠の行く手に回り込んだ。そして、短めのスカートの裾に手をかけるやバサッとめくった。

オレンジ色のパンツが覗く。

「おいっ」

スカートが捲れるという光景は、それだけで男の瞳を驚かせる。

両手でスカートをたくし上げたまま背中を向けたくるみは、小さな尻を突き出しながら楽しげに笑う。

「ニシシ、中は水着でした。驚いた？」

「ああ、驚いた」

玲遠が素直に認めると、くるみはさらなる悪戯を思いついたようだ。

「どうせだから、水着で校内を歩いてみようか？」

「あ、おい」

玲遠が止めるのも聞かず、くるみは夏服を脱ぎ捨ててしまった。

オレンジ色のハイカット型の競泳用水着となったくるみは、両手両足を広げて、大きく伸びをする。

「くぅ〜、この解放感。ぼく、プールや海以外で水着になったの初めて！」

「そりゃ、そうだろうな」

「それじゃ、デートを続けよう」

水着姿のくるみは元気に歩きだし、彼女の脱ぎ捨てた制服は、玲遠が持って歩く。

「くぅ、だれかとばったり出会っちゃったりしたらと思うと、ドキドキするねぇ〜」

水着姿で校内を練《ね》り歩くくるみは、とても楽しそうである。

両腕を広げてクルクルと回るさまは、まるで妖精のようだ。

（まったくこいつは高校生になっても子供だな）

呆れながらも、玲遠の心臓はバクバクいっている。

（だれかに見つかったら、どう言い訳したらいいんだ？　後輩の女の子を、水着姿で連れ回すって、俺はどんなどエス男だよ）

そう思いながらも、くるみの健康的な水着姿が眩しくてついつい観察してしまう。

（しかし、水着姿をプール以外で見るというのは、なんというか、妙なエロさがあるな）

くるみの身長は低く、肉付きも薄い。乳房は平《たい》らに近く、臀部も小さい。まだまだ女子中学生体型である。

(こんな子を水着にして連れ歩くって背徳感ありすぎ)

よく見ると、まったくのお子様体型というわけでもないようだ。

オレンジ色の水着に包まれた胸元が心持ち膨らんでいる。まだ揺れるというほどではないが、真っ平ではない。

(ガキだガキだと思っていたけど、こいつも成長しているんだな。こんな子供っぽい行動していても、もう処女じゃないしな)

先日、プールで玲遠がぶち抜いてしまったのだから確実である。

(お尻も意外と女っぽくなってきている。こんな色気のないガキでも、もう一年もしたら、おっぱいも大きくなって綺麗なお姉さんに成長するのかね)

いま一つ想像が難しい。

そんなことを考えているうちに、二人は図書室にたどり着いた。

「し、だれかいる」

玲遠はすぐに離れようとしたが、くるみは好奇心を刺激されるらしく、そっと生徒を確認する。

二見高校の夏服を着ている女子であった。

尻まで届く長い髪をハーフアップにして、ほっそりとした頼りなげな背中である。

「あ、あいちんだ」

人影の正体を察したくるみは、大きな声をあげると同時に、図書室に突入した。

「と、富田さん……？」

一年生の大橋亜衣だ。

突然の親友の登場に驚いただろうが、それ以上にくるみの水着姿に動転したようだ。

（あ、混乱している。混乱している。そりゃそうだよな、図書室にいきなり水着姿の友だちが現れたら、亜衣でなくとも混乱するよな）

ただでさえ気の弱い亜衣が、予想外の事態にショートしているさまに、玲遠は同情した。

「よ！」

くるみに続いて図書室に入った玲遠は、軽く手をあげて挨拶する。

「湊先輩、こ、こんにちは……」

胸元に左手を置いた亜衣は、弱々《よわよわ》しいが礼儀正しく頭を下げる。

くるみのほうは困惑している友人にいっこうにおかまいなく、いつもの調子で質問した。

「あいちん、こんなところでなにしているの？」

「す、すいません。学校にくる途中で、部活がお休みだとの連絡がきましたから、その、せっかくですから、図書館で本を借りて帰ろうかと」

「ふ～ん、あいちんは真面目だね。ぼくもなにか借りようかな。漫画とかあるといいんだけど」

水着姿のくるみはかがみ込んで、適当に本の背表紙を眺める。

「……」

質問していいものかどうか、亜衣はかなり悩んだようだが、恐るおそる口を開いた。

「あ、あの……そ、そのくるみさんこそ、そ、そのような恰好でど、どうしたんですか？？」

「ん？　これ」

立ち上がったくるみは堂々と薄い胸を張り、自らの水着姿を誇示《こじ》する。

「先輩と校内デート。ニシシ、これが噂の調教プレイってやつかも」

「いや、そんな人聞きが悪い。亜衣、これは」

慌てた玲遠が言い訳をしようと試みるが、亜衣は聞いていなかった。

「ちょ、調教プレイっ!?」

目を白黒させている亜衣に、くるみは無邪気に促す。

「あいちんもどお？　なかに水着をきているんでしょ。学校中を水着姿で練り歩くの、気持ちいいよ」

「み、水着で学校内を歩く……そ、そんな、わたしはとても、無理、で、でも……湊先輩がやれと言われるのでしたら……」

良家のお嬢様である身には、とてもできないという理性が働いているのだろうが、友だちがやっていることで、自分もやってみたいという好奇心を刺激されているようだ。

亜衣はモジモジしながら、選択権を玲遠に投げてくる。

（ものすごく期待されている）

チラチラと窺ってくる亜衣の心理を察することのできた玲遠は、内心で葛藤《かっとう》した。

（俺は女を調教するなんてつもりはさらさらないんだが、ここで期待に応えないわけにはいかないよなぁ）

万《ばん》やむを得ず、玲遠は命令を下す。

「亜衣、制服を脱いで水着になりなさい」

「は、はい。湊先輩のご指示ならば……」

顔を紅潮《こうちょう》させた亜衣はいそいそと白い開襟シャツを脱ぎ、ついで格子模様のミニスカートを下ろす。

中からいつも白地の脇にピンクのラインの入った競泳用水着があらわとなる。

お子様体型のくるみと違って、スレンダーなのに乳房や尻が大きい亜衣は、色気に満ちている。

そのうえ恥ずかしそうに両の二の腕で胸元を、両手で股間のあたりを隠すものだから、卑猥さが段違いだ。

「はぅ、このような場所で水着になるなんて、は、恥ずかしすぎますぅ」

「そ、そうだな」

ただでさえ恥ずかしがり屋の少女だ。その羞恥に悶える姿は、見ているだけで男をいけない気分にする。

言葉少なくやり過ごそうとする玲遠の見栄など無視して、くるみは無邪気に歓声をあげた。

「やっぱ、あいちんの体ってエロいよね」

「そ、そんな……すいません」

「魅力的だって言っているんだよ。先輩もあいちんの水着姿にメロメロだよ。羨ましいぃ」

友人に褒められ、水着姿をしげしげと観察された亜衣は肩を震わせて、必死に体を小さくする。

(いや、そこまで恥ずかしいなら、やらなければいいのに……)

健康的で元気いっぱいなくるみと違って、すごくいけないことをさせている気分にさせられる。

おたおたする玲遠を横目に悪戯っぽく笑ったくるみが、元気な声を張り上げる。

「それじゃ、校内デートの続きをしよう」

「続けるのか?」

「は、はい……よろしくお願いします」

玲遠とくるみは、新たに亜衣を仲間に加えて廊下に出た。

特に目的地もなく歩く玲遠の周りを、水着姿の美少女二人が歩く。

(しかし、不思議な光景だなぁ)

中学生体型のオレンジ色の競泳用水着をきた元気娘と、白地にピンクのラインの入った競泳用水着をきたほっそりとしているのに、胸と尻は大きいアンバランスなお嬢様が、校内を練り歩くのだ。

プールでは当たり前の光景なのだが、校舎の中だという事実が、とんでもなく非日常的な絵面《えづら》にしていた。

くるみが元気に声をあげる。

「どう、あいちん、水着で学校を歩くなんて経験そうそうできないよ。楽しいでしょ」

「で、でも、だれかに会ったら」

自信なさげな亜衣は前かがみとなり、両腕で胸元と股間あたりを隠しながら、プルプルと震えながら必死に歩を進めている。

「大丈夫。だれもいないよ。もしだれかが来たら全力で走って逃げよう。もし捕まって怒られたら謝ればいいだけだよ。ね、先輩」

「そうだな」

たしかにそれ以外の選択肢はないだろう。

「だから、あいちん、先輩との水着デート、思いっきり楽しもう」

そう言ってくるみは、玲遠の右腕に抱き付いてきた。

「は、はい……」

負けじと亜衣も、玲遠の左腕に抱き付いてくる。

左右に美少女を従えて、玲遠たちはだれもいない校内を探索《たんさく》して回った。

「ニシシ、水着のまま校内を歩くのって、とっても背徳感があっていいよね」

「そ、そうですね……ハァ……はぁ……」

亜衣の呼吸がずいぶんとあがっている。

不思議に思って亜衣の顔を見ると、まるで熱でもあるかのように火照っている。

よく見るとほっそりとした体形にしては大きく盛り上がっている亜衣の胸元の先端で、水着の布越しにもわかるほどに、乳首が勃起している。

(うわ、この子、また乳首をビンビンに立たせちゃっているよ)

ふと思い立ち、玲遠は右手の少女の胸元も確認する。

ほとんど平面に近い胸部だが、左右の乳首が突起しているのがわかった。

(くるみ、おまえもか)

幼女体型をしているから、ついつい油断してしまうが、彼女もまた女子高生。羞恥心も性欲も十分にあるのだ。

玲遠の視線を察した亜衣は、自らの乳首を見て顔をさらに赤くする。

(これはイジメてあげないといけない場面かな)

性的な辱《はずかし》めを受けたいという女の子の願望を察した玲遠は、右手の指で薄い布地越しの乳首を突っついてからかってやる。

「亜衣は、いつも乳首を勃起させているね」

「そ、そんな……先輩の前でだけです」

すかさずくるみが口を挟む。

「ニシシ、あいちんは、湊先輩のこと大好きだからね」

「そう言うくるみだって、ほら」

玲遠は左手を伸ばして、オレンジ色の水着越しにくるみの乳首を押す。

「ひゃん、そりゃぼくも当然、湊先輩のこと大好きだし」

「そうか、俺もおまえらのこと好きだよ。しかし、二人ともただ水着で歩いているだけなのに、そんなに乳首を勃起させるだなんて、エッチな娘たちだ」

かわいい後輩たちに好かれるのは悪い気はしない。調子に乗った玲遠は左右の指先で、水着越しの乳首をコリコリコリコリと刺激してやる。

「あん」

「ひゃん」

男の腕に抱き付いている水着少女たちは甘い悲鳴をあげて、体をモゾモゾさせる。

「あん、先輩、わたし、そこ、気持ちよくて、そ、そこばかり責められたら、わたし……」

「ぼくも、もうダメ……イっちゃう」

競泳用水着の女子高生二人は乳首をこね回されただけで、あっさりと絶頂してしまったようだ。

プルプル震えながら、玲遠の体にしなだれかかってくる。

崩れ落ちないように玲遠が、二人の腰に腕を回して支えた。

「こらこら、二人ともプールに入っていないのに、水着をこんなに濡らしちゃって」

玲遠の視線が、亜衣とくるみの太腿に向かう。

水着の股布から溢れた液体によって、濡れ輝いていた。

後ろを見れば、ポタポタと愛液の雫《しずく》が滴《したた》った跡が残っている。

「だって、先輩が悪戯するから……」

顔を真っ赤にした亜衣は、細く白い太腿をモジモジと擦り合わせる。

「そうだよ、先輩のエッチ～」

ふだんは色気など絶無に思える元気娘のくるみも、照れくさそうに健康的な太腿をモジモジさせている。

「こらこら、自分がエッチなのを他人のせいにしたらいけないな」

からかいの声をあげた玲遠は、左右の手で女の子たちの尻を掴む。

「あん」

さらに玲遠は左右の人差し指で、それぞれ競泳用水着の股布に指を入れると、引っ掛けた布をくいっと持ち上げる。

「ひぃ」

おとなしい少女と、元気娘が同時に跳ね上がった。

競泳用水着が腰の後ろで持ち上がり、尻朶の狭間に紐状になった股布が食い込んだのだ。当然、前でもビキニラインが縦に伸び、まるで褌のようになってしまう。

女の子たちは爪先立ちとなり、尻を突き出した情けない姿勢で必死に玲遠の腰に抱き付いてきた。

「く、食い込んでいます。食い込んでしまっています」

「あん、そんなに引っ張られたら水着が破れちゃうよ」

水着の股布が、紐状となり肉裂の狭間に入ったようで、大陰唇がほとんど露出してしまう。

同時に二人の露出した陰部から溢れた液体が、内腿を滴り、ポタポタと雫が床に落ちて小さな池を作った。

「こらこら、二人とも廊下でおもらししたらダメだよ」

「だって先輩が、あん」

玲遠は水着の股布を単に力任せに引っ張るのではなく、クイッイクッとリズミカルに持ち上げてやった。

「あん、擦れる。擦れちゃう」

「ひぃ、これダメ、気持ちいい」

真っ昼間の校内で、水着の股布で肉裂の中を擦られた恥ずかしがり屋の女子高生と、元気の有りあまっている女子高生は、まるでマリオネットであるかのように悶絶した。

水着の締め付けだけで、感度抜群の少女たちは絶頂してしまったようで、玲遠の体に必死に抱き付きながら懇願《こんがん》する。

「はぁ……はぁ……はぁ……み、湊先輩、わたし、もう我慢できません……どこか休める場所に……いきませんか?」

「なにが我慢できないのかな?」

玲遠のからかいの言葉に、発情しきった顔の亜衣は訴える。

「先輩のおち×ちん、また入れてほしいです」

「うわ、あいちんったら大胆。でも、ぼくも欲しい。先輩のぶっといおち×ちんまた入れてほしい」

かわいい後輩たちの明け透けな懇願に、玲遠は苦笑する。

亜衣も、くるみもすでに一度プールで一度繋がっているのだ。その後、二年生の視線もあって再度の機会を持てないでいた。

今日、こんなエッチな遊びをしているのだ。当然、期待しているのだろう。

実際、玲遠としても、もはや我慢の限界だ。

(俺もやりたい。前回はプールの中でやったが、本来セックスって普通は布団の上でやるものだよな。学校で布団があるのは保健室か)

しかし、保健室にいくのは遠い。鍵が開いているとも限らなかった。

「仕方ない。こっちにこい」

玲遠は水着の股布を摘まんだ女の子たちを、近くにあった教室に連れ込んだ。

「さて、夏休み中の教室に人がくることはないだろ。今日は思う存分に楽しもうぜ」

雄々《おお》しく玲遠が宣言すると、亜衣が訴える。

「わたしたちだけ水着なのは不公平です。先輩も脱いでください」

「ぼくもそう思った」

「あ、おい」

止める間もなく、亜衣とくるみは協力して玲遠の白いワイシャツのボタンを外し、学生ズボンを脱がす。

中から男性用の競泳用水着に包まれた股間があらわとなった。当然、中から大きな柱が立っている。

「うん」

頷きあったくるみと亜衣は、競泳用水着を引き下ろす。

ぶるんっと男根が跳ね上がる。

「はぁ、大きい。わたし、湊先輩のおち×ちん、咥えてみたかったんです。よろしいですか？」

「ぼくもぼくも。先輩のおち×ちんってフランクフルトみたいで美味しそう」

「好きにしな」

先ほどは玲遠が、女の子たちに悪戯したのだ。今度は彼女たちの番であろう。

玲遠は仁王立ちして、男根を女の子たちに差し出す。

「はぁ、湊先輩のおち×ちんさま、大きくて素敵です」

「うんうん、惚れぼれしちゃうよね。見ているだけで、子宮がきゅんきゅんしてくる。

あいちんもでしょ？」

「はい、わたし湊先輩の大きな体を見ているだけで体が熱くなるんですけど、おち×ちんさまを前にすると、もうたまりません」

頬を赤らめた亜衣は男根を抱きしめると、愛しげに頬擦りをしてきた。

「あは、あいちんったらおとなしい顔してエッチだよね。まぁ、気持ちはわかるけど」

くるみは玲遠の股の間に入り、肉袋に接吻してきた。

（お）

年下の少女二人に貪られ、玲遠は歓喜の悲鳴を飲み込む。

三年生の成田明美、班目香生子にダブルフェラをやってもらったことはあった。

先輩お姉さまたちによる濃厚なご奉仕もよかったが、下級生たちによる初々《ういうい》しいご奉仕もたまらないものがある。

二人は協力して男根を貪った。先端から溢れる先走りの液を樹木に群《むら》がる昆虫のように啜る。

「うふふ、先輩のおち×ちん、すっごく大きいから、二人でも食べ応えがあるよね」

「はい。とっても美味しいですぅ。許されるなら一日中、咥えていたい」

「あはは、好きに楽しんでくれ」

男らしさを演じようと余裕を持って応じた玲遠であったが、果たしてその演技が上手くできているか自信はない。

(この光景ヤバ)

眼下では水着姿の美少女二人が、男根にご奉仕してくれているのだ。

まるで自分が王様にでもなったかのような錯覚にとらわれる。

しかも、彼女たちの競泳用水着の股布は、先ほど強引に引っ張り上げられた名残《なごり》で、お尻がほとんど丸出しである。

まだ少年っぽさの残る小尻と、女らしい柔らかな肉の乗った涙滴型のお尻。そのどちらも魅力的な女尻が、切なげにクネクネと動いている。

(二人ともフェラチオは初めてだよな。成田先輩や班目先輩に比べると初々しい。すっごく気持ちいいけど、このまま俺が気持ちよく出すよりは、まず彼女たちを楽しませてやりたいな)

発情している後輩たちの姿を見かねた玲遠は、二人の頭髪を撫でてやる。

「もういいよ。今度は俺がやってやる」

玲遠は水着姿の二人を無理やり持ち上げると、二人並べて学習机の上に仰向けにして、大開脚させた。

「ひゃ」

玲遠から見て右側にくるみ、左側に亜衣だ。

互いの片足が重なる。

玲遠は紐状になっていた水着の股布を摑むと、ぐいっと横に寄せた。

「なるほど、これがくるみと亜衣のオマ×コか。この間はプールの中だったから、見ることなく入れちまったからな。初めて見た」

「は、恥ずかしですぅ」

「うぅ、先輩にならら見られてもいいと思っていたけど、改めて見られると恥ずかしい」

亜衣とくるみは、顔を真っ赤にして涙目になっている。

「恥ずかしがることはないさ。二人ともとっても綺麗だよ」

二つともトロットロの蜜に塗れ輝いているという意味では同じだが、亜衣のほうが全体的に大きい。二つともかなり赤身がかっているのは、水着の股布で擦られた影響かもしれない。

申し訳なく思った玲遠は二つの陰唇に交互に接吻し、舌で唾液を塗ってやる。

「ああ、気持ちいい、気持ちいい、気持ちいい、気持ちいい」

「はぁ、ああ、ああ、ああ……」

女の子たちの嬌声が、夏休みの教室に響き渡る。

二種類の姫貝の味の違いを、玲遠が楽しんでいると、息も絶え絶《たただ》えの亜衣が声を絞り出した。

「ああ、あの先輩、わたし、もう我慢できません。先輩のおち×ちん、入れて、ください」

「いいの？」

「はい、わたし、あの日から、もう一度やってもらえる日が楽しみで」

涙目の亜衣の懇願に、傍らのくるみが驚く。

「あいちんったら、すごい積極的」

「すいません……でも、わたし先輩のおち×ちんさま、欲しいです」

亜衣がここまで自己主張するのは珍しい。くるみも驚いた顔で肩を竦める。

「仕方ないな。最初はあいちんに譲ってあげる」

「ありがとうございます」

二人の女の子の話し合いでまとまった結果に従い、玲遠はいきり立つ男根を亜衣の膣穴に添えた。

　そして、押し込む。

「あああ……」

　机の上で仰向けになった亜衣は大きく口をあけてのけぞる。

「あいちん、大丈夫、痛くない？」

　くるみが心配げに質問した。

「いえ、今回はもう、ぜんぜん痛くありません。ああ、湊先輩のおち×ちんさまが、子宮にギュッとキスしてくれています。気持ちいい」

「あ、そうなんだ……」

　亜衣と同じ日に破瓜をしているくるみは、自分の番のときを予想したのか生唾を飲む。

　実際、破瓜のときのようなきつい締め付けはない。

　また、プールの中でしたときとは違って、ヌルヌルとした愛液のおかげで滑《なめ》らかに抽送できた。

「あ、あの……湊先輩、わたし、わたし……」

「なんだい？」

「キスしてほしいです」

要望に応えて、覆いかぶさるように玲遠が唇を重ねると、亜衣は積極的に唇を重ねてきた。それどころか自ら濡れた舌を出して男の舌を絡《から》めとってくる。

「んっ、んん、ん」

男の舌を貪り吸いつつ亜衣は、自ら両足を玲遠の腰に絡めて、積極的に腰を上下させはじめた。

その光景にくるみが目を丸くする。

「いいな、先輩のおち×ちん入れてもらいながらベロチューするの、すっごい気持ちよさそう。あいちんってこんなにエッチだったんだ。あ、そうだ。みんなに教えてあげよう」

順番待ちをしているくるみは暇だったのか、スマホを取り出すと、玲遠と亜衣の絡み合っている姿を撮影する。

ほどなく玲遠のスマホが鳴った。

無視するわけにもいかず、亜衣と結合したまま通話ボタンを押す。

直後に甲高い大声が響いた。

「ひどいですわ！　わたくしを抜きにして楽しむだなんて！」

亜衣、くるみといっしょにプールで破瓜をした、一年生のアーティスティックスイミング選手の四天王寺紗理奈だ。

「ごめん、ごめん、また今度な」

迫力に飲まれた玲遠は、なんとかなだめる。

「それから大橋さん、あなた腰を使いすぎですわ。ふだんはおっとりお嬢様を気取っておりますのに、なんですか、その卑猥な腰使いは！」

チラリとくるみのほうを見ると、未だにスマホを翳《かざ》している。どうやら動画撮影して送っているらしい。

紗理奈の甲高い声が亜衣にまで聞こえたようだ。

「す、すいません。で、でも、先輩のおち×ちんとっても気持ちよくて、腰が止まりません」

「キーッ、羨ましいですわ。湊先輩の極上おち×ちんが気持ちいいのは当たり前でしょ。まったくあなたみたいな女が、一番油断なりませんわ」

しかしながら、紗理奈の怒りの声を聞いている余裕は亜衣にはなかったらしい。

「あ、先輩、わたし、もう、ああ……イ、いきそうで……」

「わかった。いっしょにイこう」

「嬉しい」

亜衣の絶頂に合わせて、玲遠もまた射精した。

ドビュドビュドビュ……。

「ああ、入ってくるぅぅ、すごい気持ちいいぃぃぃ」

歓喜の嬌声をあげた亜衣は両手両足で、玲遠にしがみついてビクンビクンと痙攣する。

（うわ、絞り取られる）

キュッキュッと締まる膣洞に向かって、玲遠は思う存分に注ぎ込んだ。

「ふぅ」

天井を見上げて惚けた亜衣の四肢から力が抜けたところで、玲遠が半萎《な》えとなった男根を引き抜く。その直後にくるみに咥えられた。

「チューチュー……」

「おお」

男根の周りに付着していた愛液と精液を舐め取られ、さらに尿道に残っていた残滓《ざんし》を絞り取られる。

結果、たちまち男根は復活してしまった。

「先輩、次はぼくだよ」

「ああ、わかっている」

玲遠はただちにくるみを、脱力している亜衣の横に並べて男根を押し込んだ。

「あ、ほんとだ。初めてのときよりも、何倍も気持ちいい〜〜〜。先輩のおち×ちん最高〜〜〜」

男にしがみついたくるみが歓喜の声を張り上げると、スマホの向こうの紗理奈がいきり立つ。

「富田さん、あなたまでですの。くー、もう我慢なりませんわ。わたくしもいまから学校にいきますから、先輩、待っていてくださいましね」

部活の休養日だったはずだが、玲遠は練習日よりも体力を使う、いい運動をした。

第五章　女子更衣室は百合パラダイス

「ちょ、ちょっとまて、おまえら。本当にこんなことしていいのか？」

水泳部の練習が終わった直後、いまだ水着姿の湊玲遠を、女子水泳部一年生である富田くるみ、大橋亜衣、四天王寺紗理奈らが強引に連れてきたのは、男子にとって禁断の地。二見高校のプールにある女子更衣室だった。

男子更衣室と隣接しているといっても、体感としては宇宙よりも遠い場所だ。

「いいからいいから、わたくしたちにお任せくださいですわ」

根拠もなく自信たっぷりに応じたのは、はちきれんばかりの凹凸に恵まれたダイナマイトボディを、華やかな黄色のハイレグ競泳用水着に包んだアーティスティックスイミング選手の紗理奈だ。

「急いで急いで。みんなシャワーを終えちゃうよ」

身長、胸の膨らみともに中学生体型のくるみは、オレンジ色の競泳水着で跳ねるように玲遠の腕を引く。

部活動を終えると、みんな更衣室に来る前にシャワーを浴びる。

女子水泳部といえども、体育会系の世界だ。まずは二年生からシャワーを使うことが暗黙《あんもく》のお約束になっていた。

そのちょっとした時間の隙間を突いての作戦である。

「すいません。先輩しか頼れる人がいないんです……」

ほっそりとした体形なのに乳肉や尻肉だけは柔らかく充実したエロボディを、白地の脇にピンクのラインの入った競泳用水着に包んだ、正統派美少女の亜衣は申し訳なさそうに背中を押す。

「……っ」

抵抗虚《むな》しく玲遠はついに、絶対侵入禁止の部屋に足を踏み入れてしまった。

(ここが女子更衣室っ!?)

以前、三年生の成田明美、班目香生子が男子更衣室にやってきたときに、同じ作りだと感想を述べていたが、まさにそのとおりであった。

一面に縦長のロッカーが二十個ほども並び、部屋の中央には長椅子が置かれていた。

床は簀《す》の子だ。

しかしながら、ここで毎日、大勢の女の子が着替えていると思えば、特別な空間に思える。

変わった香りがするわけでもないのに、花の香りが漂っているような気がした。

それを自分が穢していているかのような、いたたまれない気分を味わっている玲遠に、並ぶロッカーの一つの扉を開いたくるみが促す。

「ニシシ、先輩、ここに入ってね。大丈夫、ここは三年生の成田先輩のロッカーだったから、いまはだれも使ってないよ」

「い、いや、俺はやっぱり……」

開いたロッカーがブラックホールのように感じた玲遠は、怖気《おじけ》づいて後ずさる。

「急いでください。先輩たちが来てしまいますわ」

「し、失礼します」

紗理奈と亜衣が、玲遠の背中を強引に押す。

「あ、おい、押すな、やめろ！　もしこんなことをしたことが見つかったら！」

女子更衣室に忍び込んだなどということが発覚したら、人生終了である。

しかしながら、水着に包まれた女の子たちの柔らかい体は、男の抵抗力を奪う。

またも抵抗虚しく、女の子たちの思惑《おもわく》どおりに狭いロッカーの中に押し込められてしまった。

「ふぅ、よかった。なんとか入りましたわね」

額の汗を拭いながら紗理奈は安堵の吐息をつくが、玲遠は抗議する。

「いや、入ったといってもな、これはギリギリだぞ」

ロッカーとは人間が入るようには作られていない。男子水泳部員の体を入れるといっぱいいっぱいだ。

窮屈《きゆうくつ》さに悲鳴をあげる先輩に対して、後輩たちは満面《まんめん》の笑みで応じる。

「それじゃ、先輩。あとで合図するから、それまでおとなしくしていてね」

「女子更衣室を覗ける体験なんてそうそうできるものではありませんわ。存分に楽しんでくださいませ。では、またのちほど」

「お、お気をつけて……」

悪戯っぽく笑ったくるみと、華やかに笑う紗理奈と、申し訳なさそうに頭を下げた亜衣は、ロッカーの扉を閉めた。

ガシャン！

「……」

真っ暗ではなかった。

ちょうど顔の位置に、小さな覗き窓があったのだ。

それが救いといえば救いだが、閉所恐怖症の者であったら、絶対に耐えられなかった境遇であろう。

(いや、でも、こっちから見えるということは、あっちから覗かれたらアウトってことじゃないのか？　いやいや、もともと外から中を確認するための穴か)

自分が使うロッカー以外の覗き穴を確認するような奇特《きとく》なやつはいないと思うが、もし覗かれたら目が合うことだろう。

そのときのことを想像したら、生きた心地《ここち》がしない。

三人の少女は作戦成功とばかりに顔を見合わせて、握り拳《こぶし》をぶつけあってからそそくさと更衣室を出ていく。

(ったくあいつらめ。くそ、身動きが取れん)

玲遠はプールからあがったばかりの競泳用水着姿である。素肌である肩や背中にあたる金属の内装が冷たい。まるで棺桶《かんおけ》にでも入れられた気分だ。

カチャカチャカチャ……。

いたたまれずに扉を開けて逃げ出そうとしたが、開かない。

どうやら、ロッカーの扉は内側から開閉することを想定して作られてはいないようだ。

(音を立ててもアウトだよな。諦めるか……それにしてもこの状況って、あいつらに見捨てられたら、死んじまうんじゃねぇか？　救護を求めたら、それはそれで人生終了だ。しかし、なんでこんなことやっているんだ、俺)

夏の午後、暗く狭い密室に隠れながら、いろいろと想像していたら泣けてきた。

なぜ玲遠が、プールの女子更衣室のロッカーなどという危険極《きわ》まりない場所に身をひそめることになったかというと、きっかけは昨日の出来事に遡《さかのぼ》る。

＊

「あん、湊先輩のおち×ちんおっきくて、気持ちいい。気持ちいい、気持ちいい、気持ちいいですわ～～～」

学校の近くで水道に砂利が混じったとかで、水質検査のためにプールが閉館された日。部活が休みとなった玲遠は、学校の校舎内で一年生の女子たちと過ごした。

仰向けになった玲遠の腰の上に馬乗りになって、思うままに腰を振り楽しんでいるのは、女子高生離れしたダイナマイトボディを誇る紗理奈だった。

「四天王寺さん、そんなに言われたら、羨ましくなってしまいます」

黒髪をハーフアップにした正統派美少女である亜衣は、紗理奈の健康的な乳房を手に取って、うっとりとした表情で乳首を口に含んだ。

「ちょ、ちょっと、大橋さん、ああん、おち×ちん楽しんでいるところに、あん、おっぱい吸ってくるなんて反則ですわ。はぁん、気持ちよすぎますわ～～～」

「ニシシ、そっか、さりちん、おち×ちん入れられた状態でおっぱい吸われるとすぐイっちゃうんだ。次つかえているから、早くイってね」

くるみまで面白がって、紗理奈のもう一方の乳首を舐めはじめた。

「ああ、ああん、ひどいですわ、もっとゆっくり楽しみたいですのに、ああ、もう、ダメ、イってしまいますわ～～～」

騎乗位で男を楽しんでいるところを、同性の友だち二人に左右の乳首を吸われた紗理奈は身も世もなく絶頂してしまった。

しかし、それで終わりではない。

男女の結合部が外れると、腰を抜かしている紗理奈の陰部に、くるみが吸い付いたのだ。

「あん、せっかくいただいた先輩の精液を吸うなんてひどいですわぁぁん♪」

紗理奈の嘆《なげ》きを他所に、玲遠も息を飲む。

外界に出た精液と愛液でドロドロになっている半萎えの男根に、亜衣がしゃぶりついてきたのだ。

「うふふ、大きくなりました」

「もう、先輩ったら絶倫なんだから♪」

男根の復活を確認すると、亜衣とくるみが競って跨ってくる。

そんな終わりなき密事を続け、男を完全に搾《しぼ》り取り満足した三匹の若き牝は、牡の胸板に頬を当てて、余韻に浸った。

「はぁ……はぁ……はぁ……」

荒い呼吸をしていた紗理奈がぼやく。

「こんな気持ちいいものを我慢しろだなんて、無理な相談ですわ。わたくし毎日楽しみたいですわ」

玲遠の左の腋の下に顔を突っ込んでいた亜衣も、積極的に同意する。

「そうですね。毎日部活で顔を合わせているんですもの、セックスも毎日楽しみたいです……」

男の乳首を指で弄びながら、くるみが首を横に振るう。

「ぼくも同じ気持ちだけどさ。二年生の先輩たちが、湊先輩と仲よくするな。口きくなとまで言うんだよね」

「なんとか、先輩たちを出し抜く方法はありませんの？」

不満たらたらな紗理奈の甘栗色の頭髪を撫でてやりながら、玲遠は慰める。

「そう言うなって、こうやってたまに楽しむから楽しいってこともあるぞ」

紗理奈は頬を膨らませた。

「もう先輩は大人ですわね。まぁ、大人の余裕って感じで素敵ですけど」

玲遠の胸板に頬擦りしながらくるみも追従する。

「ぼくも毎日、先輩のおち×ちんでズボズボされたい」

さらに亜衣までも、玲遠に足を絡めながら頷く。

「わたくしも先輩のおち×ちんが入ってないと寂しいです」

「そう言われてもな……」

玲遠としても、自分を慕ってくれる一年生女子たちがかわいくないわけではない。

できることなら望みどおり、毎日、喜んでエッチをしたかった。

しかし、そのための場所がどうにもならないというのが実態である。

くるみが溜息交じりに肩を竦めた。

「いっそ、先輩たちも巻き込めればいいんだけどね。そうすれば部活の時間に楽しめるのにさ」

「それですわ！」

我が意を得たりとばかりに紗理奈が叫ぶ。

「水泳部の女子全員を、湊先輩の女にしてしまえばいいんですわ。そうすれば部活の時間に、気軽に湊先輩のおち×ちんを楽しめますわ」

「おいおい」

玲遠のツッコミを無視して、くるみが首を横に振るう。

「ぼくもそれができれば一番いいと思うんだけど、三戸先輩とか滅茶苦茶真面目じゃん。とても無理だよ」

「そうだぞ、あいつがこういうことをやるとは思えないな。きっと激怒するぞ」

女子水泳部の主将三戸梓と、玲遠は学校こそ違うが小学校からの付き合いだ。それだけにその人となりはよく知っている。

真面目な性格で、勉強も、部活も全力で取り組む。

自分に厳しい分、他人にも厳しい。一年生が玲遠に色目を使うことから、練習に身が入らないことを苦々しく思い、玲遠に水泳部をやめてほしいと願っているほどだ。

特に県主催の強化訓練のトイレ騒動以来、いちだんと棘《とげ》のある目で見られるようになってしまった。

「キー、あの石頭。部活中に先輩とエッチしてはいけないというのはまだわかりますけど、会話もしちゃいけないなんて横暴ですわ」

問題児ということで、梓に目の仇《かたき》にされている紗理奈は地団駄を踏んで悔しがる。

不意にくるみが首を傾げた。

「でも、先輩たちだって、生身の女だよ。性欲とかどう処理しているのかな？　彼氏持ちの先輩っていないよね」

「それは……シャワーとか、指ではありませんの……」

紗理奈は男の視線を意識したのか、いささか歯切れ悪く告げる。

そんな友人たちの会話に、亜衣が恐るおそる口を挟む。

「お、女同士ではないでしょうか？」

「女同士？　先輩たちがみんなレズビアンだというの？　さすがにそれはないでしょ」

そのけがまったくないだろう紗理奈は一笑に伏した。

珍しく亜衣が口応えをする。

「レズビアンとかそういう重いものではなくて……友情の延長とか、先輩後輩の親密さを確認する作業でもやるみたいです……千葉先輩がそう言っていました……」

くるみがふいに閃いたような顔になる。

「そういえば、あいちんは、千葉先輩にかわいがられていたよね」

「は、はい……」

亜衣は恥ずかしそうに告白する。

「三戸先輩は無理かもしれませんが……千葉先輩なら、参加してくれるかもしれません」

亜衣の見通しに、玲遠が血相を変える。

「いやいやいや、千葉って、もっと無理だろ」

飛び込み選手である千葉佳乃は、玲遠と同級生というだけでなく、同じクラスだ。

しかしながら、親しいわけではない。なぜか梓以上に、玲遠を嫌悪し、水泳部から追い出そうとしている急先鋒《きゆうせんぽう》だ。

梓が玲遠を嫌うのは、後輩たちが練習に身の入らないのは玲遠のせいだ、という水泳部部長としての責務からだ。

しかし、佳乃はもっときつい。なぜあそこまで邪険にされているのか理由がわからないほどだ。

「じ、実は……わたし、その……千葉先輩と、何度か、お肌を合わせたことがあります」

「えぇぇぇぇぇッ！！！」

その持って回した言い方の意味を玲遠が理解する前に、くるみが吃驚《きつきよう》の声をあげる。

「ひどーい、あいちん、千葉先輩にレズレイプされていたの？　くそー、ぼくのあいちんによくも、千葉先輩め許せない、とっちめてやる！」

まるで自分の恋人が寝取られたと言わんばかりにくるみは激怒する。

自分のために怒ってくれる親友の姿に、亜衣は慌てた。

「そんな……千葉先輩は、その……優しくて気持ちよかったです。だから、その別に恨みとかはないです。それにいまでもこうやって、女同士でキスしたり、おっぱいを吸ったりし合っているんですから……」

「ああ、言われてみればそうだね」

玲遠を巡《めぐ》ってハーレムセックスを楽しみ、男根の順番待ちをしている間に、女の子同士で乳房を揉み、乳首を吸い、クンニなどをしていたことを思い出して、くるみは納得する。

紗理奈が得心顔《とくしんがお》で頷く。

「そういえば聞いたことがありますわ。男同士ってすごい抵抗あるらしいですけど、女同士は敷居が低いって。遊び感覚でレズ楽しむ子って多いらしいですわね」

これには玲遠にも思い当たることがあった。

初体験の相手である三年生の元主将成田明美と元マネージャーの班目香生子もちょっとしたレズビアン関係だったようだ。

(そっか、千葉って本当にそっち系の女だったんだ)

絵本に出てくる王子様のような外見をした女である。まさにレズのタチ役に相応しい容貌《ようぼう》だ。自分が嫌われていた理由に得心がいった気分である。

しかし、自分を慕ってくれている亜衣と、レズ関係にあるという事実に改めて戸惑った。

男と付き合っていたというのなら、ショックだったと思う。しかし、女だと言われると反応に困る。

「女同士も気持ちいいんですけど、おち×ちんの味を知ると、物足りなくなります。

わたし、そのことを湊先輩に貫かれて知ったんです。湊先輩の逞しい腕に抱かれて、おっきなおち×ちんでオマ×コを広げられ、お腹の中をズンズンと突かれる充実感はなにものにも代えがたいものです」

おとなしい亜衣の必死な主張に、いささか圧倒されながら紗理奈は頷く。

「それはそうですわ。湊先輩がいるからこそ、こうやって女同士三人で戯《たわむ》れていても楽しいのですわ」

「そうです。千葉先輩が男嫌いなのは、おち×ちんの気持ちよさを知らないだけだと思うんです。一度知ったら、もう、わたしたちみたいにやめられなくなるのではないか……と」

「なるほど、湊先輩の極上おち×ちんの味を無理やり教えてしまうと……うふふ、大橋さん、あなた虫も殺さぬ顔をしてなかなかの悪ですわね」

紗理奈の決めつけに、亜衣は動揺する。

「そ、そんな……ただ、わたしはお世話になっている千葉先輩にも本当の女の歓《よろこ》びを楽しんでもらいたくて……」

「それじゃ、水泳部女子、湊先輩ハーレム化計画。その第一段階、男嫌いの千葉先輩に、男、いや、おち×ちんの味を教えてしまう作戦会議を始めますわ」

くるみも悪い顔で頷く。

「赤信号、みんなで渡れば怖くないってやつだね」

「うふふ、二年生の先輩を全員、罠に嵌めて、湊先輩のおち×ちんの奴隷にしてやりますわよ」

「はい。みんなで湊先輩のおち×ちんを毎日楽しむために……が、がんばります」

なにやら悪巧《わるだく》みを始めた三人は、水泳部の一年生すべてに連絡を取った。

＊

(き、きた……きちゃった)

玲遠が狭いロッカーの中で待っていると、シャワーを浴びた女子水泳部の連中が、更衣室に入ってきた。

当たり前のことだが、全員濡れた競泳用水着だ。

「おつかれ〜、今日もみんなよく頑張ったわ」

労《ねぎら》いの言葉を吐きながら先頭を切ってきたのは、女子水泳部主将の三戸梓だ。

黒い髪をショートポニーに、浅黒く日焼けした引き締まった体軀を灰色のハイカット型水着に包んでいる。

「はぁ、喉乾いたわ」

次いで入室してきたのは、スカイブルーの競泳用水着をきた千葉佳乃だ。

高飛び込みの選手といっても、二見高校には高飛び込みの施設はない。ふだんは他の女子水泳部員と同じ活動をしている。週に何度か、施設のあるプールに行って練習しているようだ。

ショートヘアの色素の薄い頭髪をした面細の顔立ち、女にしては背が高く細身だ。

胸の膨らみは女子高生としては平均以下ではないだろうか。水着姿でも、あまり大きくは感じられない。

その代わりというわけではないだろうが、手足は長い。水着姿を拝見するとよくわかるのだが、体の半分以上が足なのではないかと思えるモデル体型だ。

透明感のある肌をした美脚美人は、自分のロッカーを開けると、水の入ったペットボトルを一つとって、長椅子に陣取った。そして、白い喉を晒してゴクゴクと飲む。

なにげない仕草がさまになる。

（こいつ、レズビアンなのか？）

それと知って見ると、漫画やアニメに出てくるレズビアンのタチ役としては、典型的なタイプに思えてきた。

まるでおとぎ話に出てくる王子様のような雰囲気だ。男を知らない女が夢見る理想の男に見える。

「お疲れさまでした」

二年生に遅れて、紗理奈、亜衣、くるみといった一年生の六人も入ってきた。

女子更衣室には、合計十二人の水着の少女が集まる。決して広い部屋ではないから、芋を洗うような光景だ。

「はぁ、疲れた……これは体重減ったわ」

「でも、泳いだあとはご飯が美味しくて、ついつい食べすぎちゃうのよね」

「だよね〜、まぁ、プラマイゼロって思っておきましょう」

そんな軽口を叩き合いながら、みんなそれぞれ自分のロッカーの前に立つと、タオルで体を拭ってから、水着の肩紐を外し、上体をまくる。

（い、いいのか？　こんなの見ちまって）

女同士だと乳房を見せることに抵抗がないのだろう。十二人の美少女の乳房を見放題である。

梓の乳房はゴム毬のようで、乳首は生意気そうに上を向いている。佳乃の乳房はあっさりとしているが、まったくないわけではない。紗理奈の乳房はロケットのように飛び出し、グラビアアイドルのように大きい。亜衣の乳房は白桃のようで柔らく甘そうだ。くるみの乳房はほとんど平面に桜の花弁《かべん》が乗っているようなものである。一年生女子は、いずれも玲遠の女だ。いまさら裸を見ても罪悪感はない。問題は二年生である。

どうしても初めて見た女たちの裸体に意識がいく。

（くそ、こいつら性格は最悪なのに、顔と体はいいんだよな）

水泳部に所属しているのだ。適度な運動をしているだけに、みな水準以上にスタイルに育つのだろう。

それに一年の年齢差は意外と大きいのか、二年生のほうが全体的に背は高いし、胸も大きい。総じて女らしい体型と言えるだろう。

梓の乳房は夏休みに海で、ビキニ水着で遊んだことのわかる日焼け跡であり、胸元だけ白い。

佳乃の乳房は、日焼け跡が感じられず、ガラスのような透明感がある。

みな部活を終えたばかりであり、疲れているのだろう。すぐには着替えずに、半裸のままワイワイガヤガヤとお話を楽しんでいる。

（男の視線がないところの女はだらしなくて、見てられないって聞いたことがあるが、まさにそれだな）

そんな少女たちの中にあって、男の視線があることを知っている亜衣、紗理奈、くるみたちは乱れたところがない……いや、そうとばかりはいえなかった。

玲遠の隠れているロッカーのほうに向かって、明らかにポーズをとっている。

（こらこら、おまえらわざと見せているな。バレるだろうが！）

彼女たちの行いによって自分の隠れているロッカーに不審を持つものが出るのではないか、と焦る玲遠を他所に、上半身裸の亜衣が、長椅子に腰をかけ、上半身裸でミネラルウォーターを飲んでいた佳乃の傍に、そっと腰を下ろす。

「千葉先輩……」

軽く驚いた表情をした佳乃だが、満足げな笑みを浮かべると、近寄ってきた後輩の肩を抱き寄せる。

「どうしたの？　わたしのかわいい仔猫ちゃん」

亜衣の白桃のような左の乳房が、佳乃の小ぶりの右の乳房に押し付けられた。

そして、亜衣の細い顎を摑んだ佳乃は、ちゅっと唇を重ねる。

「おおっ⁉」

あたりからどよめきがあがり、玲遠の目には、唇を重ねた女子高生たちの背景に百合の花が咲いたように見えた。

「ん、んむ、ふむ……」

佳乃の舌が、亜衣の唇を舐め回し、さらに狭間に入れて、舌を絡めとったようだ。

(うわー、女同士でキスしているよ)

亜衣は自分を慕ってくれている女の子だ。自分が処女をもらったこともあり、自分の女だという認識がある。

それが他人とキスしているのだ。本来ならこれほど不快な光景はないだろう。

しかし、相手が女だと、見てはいけないものを見てしまったような複雑な気分となり、胸がドキドキする。

美少女たちの唾液が混ざり合い、溢れ、顎を濡らし、白い乳房に滴り、そして、水着に落ちた。

亜衣と佳乃の親密ぶりに驚く女たちを代表して、梓が皮肉っぽく声をかける。

「佳乃、ずいぶんと新人に慕われているわね」

「うふふ、わたしのかわいい妹よ。野蛮な男なんかでは味わえない本当の快楽ってやつを教えてあげたのよ、ね」

得意げに笑った佳乃は見せつけるように、亜衣の乳房を手に包み、揉みしだく。

「ああ、先輩……」

「うふふ、こんな人前で発情しちゃって、まったくはしたない仔猫ちゃんね」

自分の恋人を紹介するといいたげに、佳乃は誇らしげだ。

「だって、先輩が……」

「言い訳は聞かないわよ。今日はあなたから誘ってきたんだから」

右手で亜衣の乳房を揉んでいた佳乃は、左手の長い指先で白い水着のビキニラインを撫でる。

「ヘアのお手入れはちゃんとしている？　また手伝ってあげましょうか？」

「だ、大丈夫です……」

「そう？」

赤面して震える亜衣の肉裂を、佳乃は水着の上から撫でる。

「ああ……そ、そこは、恥ずかしいです」

「うふふ、かわいい」

佳乃の指は、まるで鍵盤《けんばん》でも弾《ひ》くように、亜衣の乳首やクリトリスをリズミカルに弾く。

「あっ、あっ、あっ……」

水着に包まれた股間部分から透明な液体を濡れ流し、内腿を濡らした亜衣は気持ちよさそうに喘ぐ。

その光景をロッカーの中から覗く玲遠は実に複雑な気分を味わっていた。

(こういうのも、寝取られって言うのかな？　ちきしょう。俺の亜衣になんてことをしやがるんだ)

もし男が、亜衣にこんなことをしていたら、即座に出ていってぶっ飛ばすところだが、相手が女だと不快に思いながらも、妙な興奮を感じる。

(亜衣が美人なのはもちろん、千葉のやつも見てくれは悪くないからな。二人が重なっている姿は、なんというか芸術品みたいに綺麗だ)

無骨《ぶこつ》な玲遠に、芸術などわかるはずもないが、いままで見た芸術品のどれよりも美しく感じた。

突如始まったレズプレイに、更衣室の女子部員たちは呆気に取られていたようだが、梓は頭痛がするといいたげに、自らの額を押さえながら口を開く。

「佳乃、そういうことを一年生に教えるのはやめなさいって言っておいたでしょ」

「いいじゃない。これは女子水泳部の伝統ってものよ」

悪びれない友だちの態度に、梓がさらに言い募《つの》ろうとしたときだ。

「きゃっ」

背後に回り込んだ紗理奈が腋の下から手を入れて、水着の跡の残る硬そうな双乳を鷲掴みにした。

思わず吃驚の声をあげてしまった梓であったが、すぐに表情を整えると背後にジト目を向ける。

「こら、四天王寺、どういうつもり？」

手にした先輩の乳房の重量を図《はか》るように揉みながら、紗理奈は質問を返す。

「女子水泳部の伝統ってどういうことですか？」

「……」

答えに詰まる梓に代わって、亜衣にペッティングしながら佳乃がクールに応える。

「二見高校女子水泳部では、こうやって百合を楽しむのが伝統なのよ」

「本当なんですか？」

「まぁね。女子水泳部の悪《あ》しき伝統ってやつよ」

諦めの溜息とともに梓が認めたことに、一年生たちはみな驚く。もちろん、ロッカーの中の玲遠も驚いた。

しかし、同時に得心もいく。

玲遠の初体験の相手である三年生の成田明美と班目香生子はレズ関係にあったようだ。そのうえで二人して、玲遠の童貞を食いに来た。

あのような発展的な性癖の二人が、より身近な後輩たちに手を出していないはずがないのだ。

梓の乳房を揉みながら、紗理奈は甘えた声を出す。

「先輩が、湊先輩に近づくなと言うのなら、わたくしにもその伝統というものを教えてほしいですわ」

「はぁ〜仕方ないわね。ちょっとだけよ」

大きく溜息をついた梓は向きを変え、手のかかる後輩の顎の下を指で摘まむと、顔をあげさせた。そして、二人の唇を重ねる。

「む」

紗理奈の両目が驚愕に見開かれる。

その手慣れた動作に、覗き見ていた玲遠は驚く。

(梓のやつ、本当にレズだったんだ)

紗理奈もまた面食らったようで、梓に主導権を奪われる。

「う、うむ、むむ……」

梓の舌で、紗理奈の口内を舐め回す濃厚な接吻が行われたようだ。

女たちの唇から唾液が溢れて、顎を垂らし、胸元に滴り落ち、腹部に残っていた水着に吸い込まれる。

やがて梓が唇を離したとき、紗理奈の目の焦点が合わなくなってしまっていた。

それを覗き込みながら梓は、にっこりと笑う。

「どうしたの？」

「い、いえ……」

頬を染めた紗理奈は、目を伏せる。

おそらく紗理奈の予想を上回る体験だったのだろう。

男を知っている自分が、いまさら同性に接吻されてもどうということはないと高をくくっていたのに、予想以上に感じてしまって恥ずかしくなってしまったのだ。

同性に触られる恥ずかしさは、梓にとってかつて通った道なのだろう。優しく微笑して、指で紗理奈の顎にかかった唾液を拭ってやる。

「こんな淫らな伝統、わたしの代で終わらせようと思っていたんだけど、こうなったら仕方ないわね」

「伝統が受け継がれるには意味があるのよ。わたしたちは所詮《しょせん》、ドスケベな女子高生なんだから」

亜衣を弄びながらの佳乃の答えに、残りの四人の二年生も頷く。

「それじゃ、三戸、新人どもに女子水泳部の伝統芸を伝授してもいいわよね」

「ええ、存分に教えてあげなさい。そうしたらもう、男になんか色目を使わなくなるでしょ」

四人の二年生が、呆然としていた四人の一年生に近づく。

「せ、先輩たち、なにを始めるんですか？」

まるでゾンビに近づかれたかのように、くるみが引きつった顔で質問する。

「うふふ、怖がることはないわ。初めはちょっと抵抗があるけど、すぐに気持ちよくなってやめられなくなるの。あの子を見ればわかるでしょ」

二年生が顎で示したのは、佳乃の腕の中でトロットロになっている亜衣の姿だ。

「あはは、そ、そうみたいですね……」

頬に汗を流したくるみは納得といった顔で頷く。

かくして、狭い女子更衣室で大レズビアン乱交が始まってしまった。

（……嘘だろ？）

事前に亜衣から教えられていたとはいえ、まさかと思っていた女たちの性癖である。ましてて、ここまで予定どおりの展開になるとは楽観視していなかった。

「四天王寺、あなたにはほんとうに手を焼かされるわ。でも、これからはかわいい仔猫に生まれ変わらせてあげる」

「ちょ、ちょっと三戸先輩、な、なにを、いや〜〜〜」

長椅子に組み敷かれ、両の乳房を鷲摑みにされながら、クンニされた紗理奈は身も世もなく悶絶している。

さすがはレズの巣窟《そうくつ》、女子水泳部の新たなる部長。女の壺を心得ているということだろうか、玲遠が愛撫するときよりも、紗理奈の反応はよく、泣きながら絶頂している。

「富田、ああん、そこ、そこを舐めるの、上手、上手よ」

くるみは逆に、クンニを仕込まれているようだ。

壁に背を預けて股を開いた先輩の下に潜り込んで、一生懸命に舐めている。

亜衣と佳乃のコンビは、長椅子で佳乃が仰向けとなり、亜衣がうつ伏せとなり、互い違いになっていた。

結果、佳乃の眼前に亜衣の白桃のような乳房が垂れ下がり、亜衣の眼前には佳乃の乳房が盛り上がる。

「ほら、こうするとお互いのおっぱいを同時に吸えるでしょ」

「はい、先輩」

まさにレズに慣れた女ゆえのテクニックといったところだろうか。

亜衣と佳乃は、互いの乳首を同時にしゃぶりあった。

「んんん……」

「ふむむ……」

その他、女子更衣室内では、水泳部の二年生と一年生が、濃密に親睦《しんぼく》を深め合う、悦楽に満ちた喘ぎ声が溢れかえった。

一年生の女子たちは、みな玲遠の女である。いずれもレズっけはないと公言していたのだが、いざ先輩たちに身を預けて、すっかり翻弄されているのが見て取れる。

(すげぇっ!?)

覗き見ている玲遠には、そんな陳腐《ちんぷ》な感想しか湧《わ》いてこない。

いや、思考が停止してしまい、ただただ魅せられていた。

永遠とも一瞬とも思える時間が過ぎ、不意にロッカーの扉が開いた。

*

「ニシシ、先輩、そろそろ出番ですよ」

扉を開いたのは悪戯っぽく笑ったくるみであった。

扉の裏面に張り付くようにして外界を覗いていた玲遠は、転がるようにして出る。

濃厚な牝臭に鼻腔を刺激された。

ロッカーの中では感じられなかった、むせるような熱気と濃密な牝臭が、牡の体を包む。

「っ⁉」

広がった視界であたりを見渡して、まず目についたのは、仰向けで蟹股開きとなって下腹部をヒクヒクと上下させている女の生殖器だった。

くるみにクンニを仕込んでいた二年生だ。

どうやら、くるみの舌技の前に絶頂させられてしまったようだ。

(くるみのやつ、かわいい顔してえぐいからな)

玲遠のもの言いたげな眼で見られて、くるみはウインクを返した。

その他、玲遠の姿を見た室内の女たちはみな絶句している。

男子禁制の女の園に、突如水着姿の男が出てきたのだ。それは驚くだろう。

しかし、中には気づいていない女もいる。

亜衣を組み敷いてシックスナインで、互いの陰部を舐めあっていた佳乃だ。

「あん、亜衣、いいわ、そこいいわ、あん……」

意中の後輩に陰部を舐められて、佳乃はすっかり正体を無くしているようだ。

玲遠に向かって引き締まった臀部を突き出して、クネクネと踊らせている。

(あ〜あ、千葉のやつ、クールビューティなカッコイイ女だと思っていたんだが、お尻の穴を晒して気持ちよさそうに喘いじゃって)

女の持つ二面性に、玲遠はいささか呆れる。

感慨に耽る男の気持ちなどおかまいなく、くるみが玲遠の競泳用水着を引き下ろす。

ブルンっと唸《うな》りをあげるようにして、男根が姿をあらわした。臍に届かんばかりに反り返る。

「……っ!?」

呆然と見守っていた痴女たちはみな息を飲む。

玲遠の存在に気づいた亜衣が、佳乃の陰唇に左右の人差し指を入れて押し広げた。

おとなしい一年生は、舌先で先輩の陰核を舐めながら、膣穴をぽっかりと広げてみせる。

おかげで白い処女膜まで晒された。

亜衣やくるみの言わんとしていることは察したが、玲遠はいささか躊躇う。

「ああ、ああ、亜衣、そこはダメ、そんなに広げないで、ああ、さ、さすがに恥ずかしいわ、あ、ああ」

奥手に思われた後輩の、予想外の恥ずかし責めに、佳乃が翻弄されている。

くるみが悪戯っぽい笑みで促す。

(このまま入れちゃえってか)

自分を好いているわけでもない女に、男根を入れることに躊躇いを感じた。しかし、自分の女を寝取ろうという女であると考えると、罰を与えてやりたい気分になる。

なによりも、こんな光景を見せられていたら、我慢できない。

覚悟を決めた玲遠は、すっきりとした真珠のようなツヤツヤとした小尻を左右から抱きしめると、いきり立つ男根を狭間に押し入れた。

ブツン！

「はぅ！」

女同士の蜜事に酔っていた女は、予想外の衝撃に驚き暴れようとする。しかし、その左右の手首を、玲遠の両手が握りしめると、後ろに引っ張り上げた。

(うお、キツ！　こいつやっぱり処女だったんだな)

いつもイジメといっていいほどに辛く当たってくるクラスメイトの女子の膣洞の締まり心地に、玲遠は感嘆する。

「くっ、はぁっ、はぁ、はぁっ……み、湊⁉」

両手を後ろに持ち上げられた佳乃は、薄い胸を反らしながら必死に首を背後に回す。

そして、驚愕の表情になった。

「よっ」

ばつの悪さを隠し切れない玲遠は、意図的に軽く挨拶を返す。

「ど、どういうこと！　あんた、なにやっているの？」

「なにって、おまえが体験したまんまだよ。おまえの処女マ×コを味わっているの。いや～、キツキツでいいオマ×コだな」

「なんであんたが！　入れているの、よ、ははぁあん♪」

シックスナイン状態で、佳乃の股間の下で仰向けになっていた亜衣が、クンニを再開したようだ。

初めて男根を撃ち込まれた状態で、陰核を舐め穿《ほじく》られた佳乃は理性を保てなかったようだ。

クールビューティで知られた女が、両目から涙を溢れさせ、開いた口から涎と舌を出して悶絶する。

いつもイジメられている意趣返《いしゅがえ》しというわけでもないが、玲遠は男根をリズミカルに打ち込んでやった。

「ああ、お、おっきい、あ、奥、奥ダメ、そんな奥をズンズンされたら、ああ、大きい～、大きすぎる～……ああ」

スレンダーな背中から臀部が、ピクピクと痙攣している。

「千葉が男にやられている……」

さすがに後輩とのレズ遊びに興じていた二年生女子たちも、事態を察して驚愕の視線を向けてくる。

玲遠は半ばヤケクソで、露悪を演じつつ腰を使った。

「おうおう、千葉、いつもの威勢はどうした？　ん、おち×ちん如《ご》きに負けているんじゃねぇぞ」

「ああ、ああ、ああ……」

おそらくレズビアン揃いの女子水泳部の中にあって、もっともレズっけの強かった女が、男根をぶち込まれ、激しく突貫《とっかん》されて、理性を失っている。

どんなに男嫌いであっても、膣洞はしっかり女であり、ザラザラの襞肉が絡みついてきて男根を楽しませてくれた。

驚愕した同級生女子の見守るなか、玲遠はたまらなくなる。

「そろそろいくぞ」

「や、や、やめて……中は、中だけは、あああ……」

佳乃の懇願を無視して、玲遠は男根を思いっきり押し込んで射精した。

ドクン！　ドクン！　ドクン！

「ひぃいいいいい……」

膣内射精をされてしまった佳乃は、無様《ぶざま》に亜衣の下腹部に崩れ落ちた。

玲遠は思う存分に射精した男根を引っこ抜く。

「あ、ああ……」

ブシュッ、ダラダラダラ……。

膣穴から白濁液が噴き出し、仰向けになっていた亜衣の顔にかかる。

「あは、千葉先輩のオマ×コ、まるでクリームがかかったみたいに美味しそうです」

亜衣は嬉々《きき》として、佳乃の膣穴を舐めしゃぶった。

「ああん、吸わないで……」

「うふふ、千葉先輩のオマ×コ、さっきよりも美味しいです」

佳乃と亜衣の立場が、すっかり逆転してしまったようだ。

一方でくるみは、玲遠の前に跪《ひざまず》くと、愛液と精液で穢れた半萎えの男根を口に含む。

「ニシシ、破瓜の血の付いたおち×ちんってすごく卑猥でいい感じ」

「くるみだけずるい」

見守っていた三人の一年生たちも、玲遠の男根にしゃぶりつく。

おかげで男根はほとんど萎えることなく勇姿《ゆうし》を保った。

あまりといえばあまりの光景に、呆然としていた二年生の中で、我に返った梓が口を開く。

「湊、あなた、まさか一年生全員を……」

「いや、成り行きでな」

玲遠はいささかばつが悪く言葉を濁《にご》そうとしたが、とうの一年生たち一堂は悪びれず元気いっぱいに応じた。

「は〜い、二見高校女子水泳部一年全員、湊先輩のおち×ぽ奴隷をやってま〜す」

「なっ！」

絶句する梓に、その乳房に吸い付いていた紗理奈が応じる。

「そういうことですわ。先輩たちが男嫌いなのは、食べず嫌いだと思うんです。湊先輩の極上おち×ちんを食べれば、もう病みつきですわ」

「……」

「ということで、湊先輩。次は三戸先輩をお願いいたしますわ」

紗理奈は、梓を背後から羽交い絞めにし、さらに両足をそれぞれ梓の太腿にかけてM字開脚にする。

「はいはい」

ここまできたら、毒を喰らわば皿までである。

自棄を起こした玲遠は、下級生たちの尽力《じんりょく》によって復活した男根を誇示して、梓のもとに歩み寄る。

丸太のような男根を見上げて、梓は目を白黒させた。

「ちょ、ちょっと待ちなさい。こ、これは明らかに犯罪よ」

「あら、一年生を無理やりレズの道に引き込んでいた先輩の言葉とは思えませんわ」

「そ、それは千葉でしょ。わたしはあなたがやりたいと言うから、付き合ってあげたのよ。もともとレズに興味なかったし、先輩が引退した機会に、やめようと思っていたんだから」

いつもの偉そうな主将が、完全に余裕をなくしているさまに、紗理奈は嘲笑《ちょうしょう》で応じる。

「ならばちょうどよかったではありませんの。湊先輩のおち×ちんを味わったら、もうレズは卒業ですわ。さぁ、湊先輩、三戸先輩を新たな世界に導いてくださいませ」

破瓜の血に穢れていた男根を舐め清めていたくるみも、悪戯っぽく口を挟む。

「部長は、お堅《かた》すぎるんです。おち×ちんの味を知って柔らかくなってください」

「あ、ああ……三戸、いくぞ」

紗理奈に羽交い絞めにされてM字開脚させられている梓の上に、玲遠は覆いかぶさった。

「ひっ」

肉裂に男根の切っ先を添えられて、梓は喉を引きつらせる。

緊張に強張《こわば》った梓の顔を見て、玲遠はいささか躊躇った。

(三戸とやるのか?)

小学生のときから知っている女である。決して良好な関係というわけではないが、親近感をもっていなかったわけではない。それと一つになると思うと感慨深いものがある。

（こんな形でやってもいいのか？　……いや、いまを逃したら三戸とやることなんてないだろ！）

浅ましい欲望に負けた玲遠は、牡の本能の赴くままに腰を進めた。

ズポン！

すでに三年生を二人、一年生を六人、二年生を一人、計九人の女の処女を奪っている。十人目の女だ。

狙いたがわず男根は沈んでいった。

「ああ……」

入り口の膜を破れば、あとは道なりである。男根はズブズブと沈んでいき、同性愛に浸っていた女の最深部にまで入った。

「どうだ、三戸。おまえのオマ×コに、俺のおち×ちんがずっぽり呑み込まれたぞ」

それほど意識していないつもりであったのだが、玲遠は妙にテンションがあがった。

梓の膣洞は、破瓜らしく痛いほどによく締まるが、ザラザラの襞がまるで軟骨のように硬いのが特徴だろうか。

「くっ」

呻《うめ》く梓の顔を見て、玲遠はいささか驚く。

なんと左右の瞳から涙が溢れて、頬を濡らしていた。

梓の泣き顔を初めて見た玲遠はいささか慌てる。

「だ、大丈夫か？」

「よ、よけいなお世話よ」

梓は恥ずかしそうに、手で顔を拭った。

「そ、そうか？　痛かったら言えよ」

「なによ、痛いって言ったら、あんたなんとかできるの？」

その質問に、玲遠は絶句する。たしかにどうしていいかわからない。

「ふん、あんたのことだから、どうせ主体性なしに、一年生たちに迫られて関係持って、そのうえ一年生の言いなりでこんなことしでかしたんでしょ」

「そ、それは……」

見事に言い当てられて、玲遠は反論の言葉もない。

「あんたは昔っからそうなのよ」

毒づく梓を、背後から抱きしめていた紗理奈が不満の声をあげる。

「なんか、湊先輩と三戸先輩、いい雰囲気で癪《しゃく》ですわ。こういうところで、幼馴染みな特別感を出すのは禁止ですわ」

「そうそう、湊先輩は女子水泳部、みんなのものなんだからね〜」

くるみが玲遠の背中から抱き付いてくる。

「湊先輩、三戸先輩の体をこちらに向けてください。ハーレムセックスの気持ちよさを教えてあげましょう」

「あ、ああ……これでいいか？」

亜衣の要望を受け入れた玲遠は、男根を突っ込んだまま梓の体を半回転させて、さらに両腕で左右の膝の裏に入れて持ち上げる。背面の立ち位にしてしまった。

これは男に並外れた膂力を求められる体位だ。

それを見上げて、くるみが感嘆する。

「うわ、すごい、湊先輩のぶっといおち×ちんがずっぽり入っている。これで三戸先輩もぼくたちの仲間だね」

椅子から立ち上がった紗理奈は、天敵たる先輩の顔を覗き見る。

「あはは、三戸先輩の大人になった瞬間の表情、とっても魅力的ですわ」

亜衣がオスオズと質問する。

「あ、あの……三戸先輩は、湊先輩が好きだったんでしょうか？」

「はぁ、そんなことあるはずないでしょ」

顔を真っ赤にした梓は、頓狂《とんきょう》の声をあげる。

くるみが小首を傾げた。

「そうなぁ？　女子部員のみんなに湊先輩と口を利かないように指示したのって、湊先輩が女子と仲よくなることを心配しての配慮なんじゃないですか？」

「はい、わたしもそうなんじゃないかと思っていました」

亜衣は真面目な顔で頷く。

「まぁ、そうでしたの？　でも、もう遅いですわ。先輩の身も心もわたくしのものですもの」

そう言って紗理奈が、男女の結合部に接吻してきた。

「さりちんは、またそういうこと言う。先輩のおち×ちんは女子水泳部のみんなのものって決めたでしょ」

窘めながらくるみは、梓の右の乳首に吸い付いた。

「ちょ、ちょっと待て、あなたたちなにを！」

男根に貫かれたまま、さらに三人に少女によって、左右の乳首、そして、陰核という女の急所を舐められた梓は慌てる。

「どうですか？　部長。単に女同士で舐めあうよりも、おち×ちんで貫かれているときに舐められたほうが気持ちいいでしょ」

「そ、それは、ああ……」

後輩たちの容赦ない舌戯を受けて、梓は全身をビクンビクンと痙攣させる。

「あは、部長、気持ちよさそう」

くるみは楽しそうに笑う。

「どうですか？　先輩、このおち×ちんに逆らえますか？」

「……」

梓は声もなくイヤイヤと首を左右に振るう。

「三戸先輩はお堅すぎるんです。もっと欲望に正直にいきましょう。好きな殿方のおち×ぽさまの温もりをオマ×コで感じているときこそ、女がもっとも至福《しふく》に浸れる瞬間ですよ」

恍惚とした表情の亜衣もしたり顔で語る。

こうして、後輩三人に弄ばれた水泳部主将は身も世もなく悶絶した。

（いや、三戸のこんな牝顔を見られるとはな。意外にかわいいじゃないか。オマ×コもザラザラでキュッキュッと締まるし、もうたまらん）

男根が断末魔《だんまつま》の痙攣を起こし、梓の引き締まった体も激しく痙攣した。

「あ、湊のおち×ちん、大きくて、オマ×コが限界まで広げられるの、ああ、おち×ちんがビクビク震えている。ひぃ、熱い、熱い液体が入ってきた。なにこれ、すごい気持ちいい……こんなの、初めてぇぇ、あ、あ～～～！」

プシュ～～～ッ
女同士では決して味わえない膣内射精体験に梓は、後輩の女子部員たちに全身を舐められながら盛大にのけぞった。

そして、男根のぶち込まれた穴前から、熱い飛沫が噴き上げて、周囲にいた水泳部員たちに降り注ぐ。

「あは、三戸先輩の、女として花開く姿、素敵です」

亜衣が感動の声をあげる。

「うわー、三戸先輩が堕ちる瞬間を見られるだなんて……ちょっと感動」

くるみは満足そうだ。

「うふふ、三戸先輩が潮を噴きながらイっちゃうだなんて、やっぱり湊先輩のおち×

ちんはすごいですわ。さて、残りの先輩たちにも味わってもらいましょう」

紗理奈の声に、更衣室に残っていた四人の処女二年生はビクリと震えた。

しかし、すでに後輩たちとの蜜事によって股を濡らしていた彼女たちは、逃げも隠れもしなかった。

「そ、そうね。たしかに女同士だと物足りないって思っていたのよ」

「ええ、湊のでっかいおち×ちんに興味がなかったわけじゃないのよね」

「うん、野獣みたいに犯されてみたい……」

「湊、よろしく頼むわ。思いっきり楽しませてよね」

かくして、女子更衣室ではさらに四人の女が処女を卒業した。

第六章　美少女だらけのハーレム水泳部

「先輩、おはよう」

夏休みも終盤となった日の午前、水泳部員唯一の男子たる湊玲遠が、いつものように学校の室内プールに出向き、水着に着替えてプール場に入ったときだ。

癖っ毛を無理やりカラーゴムで結びツインテールにし、小柄な中学生体型をオレンジ色の競泳用水着に包んだ、一年生の富田くるみが元気に駆け寄ってきた。

「おう、おはようっ⁉」

玲遠が軽く手をあげて挨拶を返すと、悪戯っぽい笑みを浮かべたくるみは右手を下から掬い上げ、玲遠の競泳用水着パンツに包まれた股間をクイッと掴んだ。

「ニシシ」

硬直した玲遠に向かって、悪戯成功といいたげに笑ったくるみは通り過ぎた。

ついで高校生離れしたナイスバディを黄色の競泳用水着に包んだ一年生の四天王寺紗理奈が、豊かな栗毛にパーマをかけた頭髪を掻き上げながらモンローウォークでやってくる。

「おはようございます。昨日はすごかったですわね。うふふ、惚れなおしてしまいましたわ」

クイッ。

紗理奈もまた、競泳用水着パンツ越しに逸物を軽く握ってから洋梨のような尻をくねらせながら通り過ぎていった。

「湊先輩、おはようございます……きょ、今日も元気ですね」

艶やかな黒髪をハーフアップにして、白地の脇にピンクのラインの入った競泳用水着をきた一年生の大橋亜衣もまた、玲遠の競泳用水着に包まれた逸物をおずおずと撫でる。

(キミもか)

恥ずかしそうに去っていく亜衣の後ろ姿を見送る玲遠の背に、刺々《とげとげ》しい声が浴びせられる。

「ふん、あたしが一度やられた程度であんたの言いなりになるなんて思わないでよね」

振り返ると、色素の薄い頭髪をショートカットにし、肉付きの薄いシャープな顔に、八頭身のスレンダーボディをスカイブルーの競泳用水着に包んだクールビューティがいた。

二年生の千葉佳乃だ。レズビアンであったのに昨日、無理やり男を知らされてしまった彼女もまた悪態をつきながら、玲遠の逸物を撫でてから去っていく。

（ちょ、なんでみんなそんな挨拶の一環《いっかん》みたいにして、当たり前に俺のおち×ちんに触ってくるの？）

困惑している玲遠に、ショートポニーのせいか釣り目がちに見えるキツメの顔に、引き締まった体軀を、灰色のハイカット型の競泳用水着に包んだ女子水泳部のキャプテン三戸梓がジト目を向けてくる。

「朝っぱらからそんなものおったてて、なに期待しているんだか」

梓の視線の先では、競泳用水着を突き破らんと男根が隆起していた。

「いや、これは……」

競泳用水着越しとはいえ、美少女たちに連続で逸物に触れられたら反応してしまうのは男として不可抗力というものではないだろうか。

恥ずかしくなって腰を引く玲遠の前に立った梓もまた、小ばかにした表情のまま完全に芯の入った逸物を撫でる。

「湊が望んだことよ。女子水泳部の備品としてせいぜい活用させてもらうわ」

凶悪な笑みで一睨みしてから、梓は躍動的な足取りで去っていった。

「湊せんぱ〜い、おはようございま〜す」

その後も、女子水泳部員は玲遠に挨拶すると同時に、当たり前に玲遠の逸物を触るという行為を繰り返した。

どうやら、女子水泳部員の間で、挨拶のついでに玲遠の逸物を触る習慣というのが浸透《しんとう》しているらしい。

（いやまぁ、全員、俺がやっちまったわけだし、いまさらにおち×ちんに触れるなとは言わないが……）

面倒な事態になったものだ。

女の子たちのせいで芯の入ってしまった男根をなんとか宥《なだ》めて、部活を開始する。

五コースは、華やかな競泳用水着に身を包んだ女子高生たちが泳ぎ、お情けで分けてもらった一コースで玲遠は一人寂しく黙々と泳ぐ。

「ふぅ……」

日課の距離を泳ぎ終えた玲遠が水面に顔をあげると、隣のコースには人がいなくなっていた。

(あいつらもう昼飯にいったのかな？　声をかけてくれてもいいのに)

昨日、レズ遊びに興じていた二年生六人の処女をいただいたといっても、かなり強引なやり方であった。

恨みを買い、ますます虐《いじ》められ、無視されても仕方がない立場という自覚はある。

「……」

なんとも言えない寂寥感を感じた玲遠が、水面に仰向けになり伸びをすると、紗理奈の華やかな声に呼ばれた。

「湊先輩。いつまで泳いでいるんですか？」

「……ん？」

「こっちですよ、こっちを見てください」

何事かと目を向けると、プールの第一コース。玲遠から一番遠く、水底が一番浅い場所でプールの縁に捕まった競泳用水着の女の子たちが並んで、水上に尻を突き出していた。

一年生のくるみ、紗理奈、亜衣、二年生の梓、佳乃など計十二人の女の子たちだ。

梓が不本意そうな顔で命じる。

「ここからは男女合同練習といきましょう」

「合同練習？」

水泳に合同練習もないだろう。困惑する玲遠に向かって、お尻を突き出したポーズの水着女子高生たちは、右手を後ろに回して股布に手をかける。

「せ〜の、はい！」

掛け声とともに、十二人の水着女子高生たちが、股布をぐいっと横にずらしていた。

「ッ！」

あまりの光景に、玲遠は目を剝いて、硬直してしまった。

プールの水の上に十二個の数珠つなぎになった桃尻。そこから十二個の肛門と女性器があらわとなったのだ。

石化してしまった玲遠に向かって、剝き出しの尻をくねらせながら紗理奈が訴える。

「先輩、早くぶっといおち×ちんをくださ〜い」

「早く♪　早く♪　早く♪」

くるみの声につられて、十二人の女子が楽しげに声をハモらせながら桃尻をくねらせる。

「おまえらなー……もう少し恥じらいというものを……」

思わず額を押さえた玲遠であったが、美少女たちの誘惑には逆らいがたい。

ハードボイルドを装ったつもりであったが、実際のところ満面の笑みになってしまった玲遠は、水に潜り、五本のコースロープを横断して女の子たちのもとに向かう。

水中から見ると、魅惑的な女の子たちの脚がいくつも並んでいる。

(どの子も、まぁ、いい感じに引き締まったおみ足だ。たまらん)

玲遠は水面から顔を出した。

バシャッ！

「キャッ」

飛沫を浴びた女の子たちの黄色い悲鳴を聞きながら、玲遠は二十五メートルプールに等間隔に並んだ十二個の桃尻を見る。

大きいのから小さいものまでさまざまだが、いずれも美味しそうという意味なら同じであった。

(しかし、なんつー眺めだ)

十二人の少女たち。いずれも適度な運動をしているからか、あるいは玲遠の思い入れのなせるわざか、水準以上の美少女たちである。

それが発情した生殖器を晒して挑発してきているのだ。

また、遠目にはわからなかったが、股布を大きく引っ張ったとき、水着がつかえるのだろう。いずれも肩紐を外して、胸部を露出させていた。

つまり、双乳が丸出しである。

あまりにも淫らな少女たちに魅入られている玲遠に向かって、梓がジト目を向ける。

「あんたが無理やり、おち×ちんの味を教えたんでしょ。責任をもって楽しませなさいよね」

クールビューティの佳乃は、ヤケクソのように細く長い右足を水上に掲《かか》げる。

「そうそう、処女を勝手に食ったんだから、これから毎日わたしたちを楽しませる義務があるのよ」

「はいはい、わかっていますよ」

やれやれといった感じで応じた玲遠であったが、がっついていると思われるのが恰好悪いと感じて、見栄を張っているだけだ。内心では綺麗な女の子たちの淫らなお誘いに、心が湧きたってしまう。

玲遠は横一列に並んだ桃尻を、改めて眺めた。

水面から出たいずれの尻も、肛門が覗き、女性器は半分ぐらいプールに浸《つ》かっている。

（どのオマ×コも気持ちよさそう。いや、気持ちいいことはわかっているんだが、この数をどうしろというんだ？　俺のおち×ちんは一本しかないんだぞ）

だからといって、食べたくないわけではない。このすべての女体は自分のものだという独占欲がある。

そして、自分の女である以上、全員に満足してもらいたい、という使命感を刺激された。

「そ、それじゃいくぞ。いいんだな」

十二匹の美しきマーメイドたちを食い散らかさんと、玲遠はいきり立った。

（濡れるという意味なら、みんなプールの水で濡れているわけだし、いきなり入れていいのか？　いや、ただぶち込むだけじゃ味気ないよな）

どうせやるなら、みんなを思いっきり楽しませてやりたい。そう考えた玲遠は、まずは一番手前にいた梓の背後から抱き付き、左手で硬めの乳房を揉みつつ、右手で人差し指と中指を膣穴に入れてやった。

「あん」

「三戸、痛いか？」

玲遠に気づかいをされたことを察した梓は皮肉げに応じる。

「へ、平気よ。昨日、あんたのバカでかいもの入れられて緩くなった感じ」

「いやいや、いい感じに指に吸い付いているぜ。こういうのを名器って言うのかもな」

玲遠のお世辞に、梓は珍しく顔を赤くする。

「知らないわよ」

「まぁ、オマ×コは男がやればやるほど具合がよくなるっていうし、俺が名器に育てるけどな」

嘯いた玲遠は梓に接吻しながら、乳房を揉みしだき、暖かい膣穴に入れた指を掻き混ぜる。

クチュクチュクチュ……。

「うん……」

あの生意気だった梓が、気持ちよさそうに目を閉じて、玲遠の体に抱き付いてくる。

その光景に残りの十一人が抗議の声をあげた。

「ああ、三戸先輩だけ贔屓《ひいき》するなんてずる〜い」

「わたしたちにもやってくださ〜い」

姦しい女たちに、接吻を終えた玲遠は吠《ほ》える。

「わかっている。全員、満足させてやるから少し待っていろ！」

梓をプールの縁に捕まらせた玲遠は、自らは肩までプールに浸かり、十二個の桃尻の谷間に順番に顔を埋めていった。

「きゃっ、湊先輩のエッチ～」

「やん、こんな食べ比べされるなんて恥ずかしい」

言葉とは裏腹に、女の子たちはこの状況を明らかに楽しんでいる。

玲遠は柔らかい尻肉の感覚を頬で楽しみながら、媚肉の奥に舌を入れてかき混ぜた。

ペロペロペロ……。

「ううん……」

どの桃も美味しい。女子高生の桃尻の贅沢喰いをさせてもらう。

とはいえ、いくら大好物を食べる作業とはいえ、二十五メートルプールを泳ぎ移動しながら、十二匹のマーメイドに齧《かじ》り付くのは、けっこうな重労働である。玲遠の息はあがっていった。

「はぁ、はぁ、はぁ」

「せ、先輩、頑張ってください……」

見かねた亜衣が励ましてくれた。

その期待に応えるべく玲遠は、十二人の女の子たちに必死に愛撫を施していたが、ふと指に絡まった陰毛を摘まみ上げる。

全員、陰毛は整えられていた。

以前、男の目がないところで女の子たちが水着からのハミ毛チェックをしていたことを思い出した玲遠は、濡れた陰毛を摘まみながらなにげなく質問する。

「おまえらってさ。毎日、陰毛の手入れをしているの？」

梓が戸惑いつつ答える。

「毎日ってほどでもないけど、水泳部員のエチケットとしてみんな気を使っているわよ……」

「ふーむ、女ってのは面倒臭そうだな。いっそ全部剃ったらどうだ？」

玲遠の軽口に、女の子たちはいっせいに反応した。

「そ、それって!?」

紗理奈が戦慄《せんりつ》した声を張り上げる。

「聞いたことがありますわ。男が女にパイパンを強《し》いるとき。それは浮気されたくないという独占欲の現れだと」

くるみも食いぎみに続く。

「浮気させたくないほど、ぼくたちが好きってこと」

「いや、そこまで深く考えていたわけではないけど」

戸惑う玲遠の主張を無視して、佳乃は軽蔑した目を向けてくる。

「自分の女をパイパンにして囲い込みたいなんて、器《うつわ》が小さいわね」

口元に右手の甲をあてがった紗理奈は得意げに高笑いした。

「おーほほほ、仕方ありませんわね。先輩が望むのでしたら、わたくしパイパンになるのもやぶさかではありませんわ」

亜衣は恥ずかしそうにモジモジしながら応じる。

「わ、わたしも、湊先輩がお望みなら……でも、わたし不器用だから怖くて。どうせなら先輩に剃ってもらえると嬉しいです」

「ぼくもぼくも、男の人に剃毛されるのは、男の所有物になった証《あかし》だと聞いたことがあります。ぼく、先輩に剃毛してもらいた～い」

盛り上がる部員たちの中、部長の梓は溜息交じりに頷く。

「ったく、仕方ないわね。あんたがやりたいならやらせてあげるわよ」

くるみも元気よく応じる。

「うん、湊先輩のお望みなら、パイパンにでもなんにでもなるよ」

女の子たちはなぜかノリノリである。

しまいには当初は否定的であった佳乃まで、乗せられた。

「ま、まぁ、全部剃ってしまえば、いちいちハミ毛の心配をする必要もなくなるから、変態男の願望に応えてやるのもいいかもね」

そんなわけで女子はみな、いったん、プールからあがるとふだん使っているらしい、エチケット用の安全カミソリを持って戻ってきた。

「お、お願いします」

恥ずかしそうに剃刀を玲遠に握らせた女の子たちは、プールの脇でみなビート板に腰を下ろすと、大開脚になった。

いずれも水着の肩紐を外して双乳を晒し、水着の股布をずらして陰阜を露出させている。

「お願いしますと言われても……な」

立ち尽くす玲遠に、赤面してばつの悪そうな顔をした梓が促してくる。

「やりたいなら、とっととやれば」

クールさを装った佳乃も、蟹股開きで促す。

「女にこんな恥ずかしい姿勢を、いつまで取らせるつもり？　さすが変態男ね」

「わーたよ、やらせてもらいます！」

半ば自棄を起こした玲遠は、ビート板に座って大開脚している女の子達の間にかがみ込むと、独りずつシェービングクリームを付けて泡立てたあと、安全カミソリで陰毛を剃り上げていった。

「あ……」

どの女の子も、自分からやれ、と威勢のいいことを言っていたわりに、刃が陰部に触れるとき、遠い目をした。

（女としてまた一皮剝けてしまったって気分なのかな？）

その女としての大切なものを喪失してしまったといった表情が、妙にエロくて男の心に刺さる。

自分でも驚くほどに興奮してしまった玲遠は、女の子たちの大事な部分に絶対に傷を付けてはいけないと細心《さいしん》の注意を払いながらも、十二人すべての陰毛を剃り落してしまった。

「ふぅ……」

さすがに十二人もの女の剃毛は大仕事だ。

剃毛が終わったあとも、まるで処女を喪失したあとのように惚けている女の子の股間に、玲遠はシャワーの水をかけてやる。

「キャッ」

女の子達は我に返り、泡に混じった陰毛は排水溝に流れていった。

「うわ、本当に剃られちゃったんだ」

「なんだか、赤ちゃんみたいで落ち着きませんね」

「う、うん……なんだかすごい恥ずかしい」

自分の股間を見て、パイパンとなってしまった恥丘を指で軽く撫でた後、みな周囲の友だちの股間を覗きあっている。

もともと水着のビキニラインを整えるために手入れをしていたのだ。毛量は多くはなかった。しかし、その少ない陰毛でも、あるとないとでは大違いといったところだろうか。

どの娘も、含羞《がんしゆう》に満ちた顔だ。

もはや恥じらいなど失っていたかのような女の子たちの見せた、新たな恥じらいの表情が、否応なく男心を掻き立てる。

「……」

生唾を飲む玲遠の左右に、剃毛道具を片づけたくるみと紗理奈が立つと男性の競泳用水着の腰に指を入れてきた。

「先輩、そろそろ」

「よろしいのではありませんの」

男性の競泳用水着が、いっきに足元まで引きずり下ろされる。

ブルンと男根が、臍に届かんばかりに跳ね上がった。

「あはっ、水泳部の備品は今日も元気ですね～」

「うんうん、まさに水泳部のお宝だよ」

男根を見つめて好き勝手なことを言っている少女たちに向かって、素っ裸になった玲遠は両手をワキワキと開閉させせながら叫んだ。

「もう我慢できねぇ、おまえら全員、足腰が立たなくなるまで入れさせてもらうぞ」

「キャ～～ッ、先輩のエッチ～～」

わざとらしい黄色い悲鳴をあげた女の子たちは、競泳用水着の肩紐を外して双乳を露出し、股布をずらしてパイパンの股間を晒した痴態のまま、蜘蛛《くも》の子を散らすように逃げていく。

「いまさらエッチもなにもあるか」

玲遠はいきり立つ男根を誇示ししつつ、プールサイドを駆ける半裸の女の子たちを追いかける。

みな本気で逃げているわけではなく、玲遠をからかって遊んでいるのだ。いや、獣となった男を煽《あお》っているというほうが正しいか。

「よし、捕まえた」

玲遠が背後から抱きしめて捕まえた獲物は、白い水着の少女だった。

「まずは亜衣からだ。ほら、腰を突き出して手をつけ」

「は、はい……」

玲遠に背後から抱きしめられた亜衣は、プールの壁際にあった目を洗うための蛇口のある台に両手をついて、尻を突き出す。

もはや前戯は不要だろう。玲遠は、いきり立つ男根を涙滴型の桃尻の下から押し込んでやる。

ズボッ！

「ああん、き、気持ちいい……です」

立ちバックで背後から突き上げられた牝は、洗眼台にしがみつきながらのけぞる。

（おお、この子のオマ×コはいつ入っても絶品だな）

背後からズコズコと子宮口を突き回してやりたい衝動をぐっと我慢して、玲遠は亜衣の尻肉を軽く叩く。

「自分で腰を使いな」

「はい、わかりました」

命じられるがままに洗眼台に両手をついた亜衣は、突き出した尻を積極的に前後させる。

「ああん、気持ちいい、気持ちいい、気持ちいい、先輩のぶっとくて、ゴッゴツしているおっきいおち×ちんで、オマ×コを塞がれると、ああん、気持ちよすぎて、腰が止まらなくなります」

細身に似合わない大きな乳房を揺らして腰を振るう亜衣の痴態に、腕組みをして顎を摘まんだ佳乃が目を見張る。

「亜衣って、おとなしい顔して、あんなに腰を使う子だったんだ」

「あいちんってふだんはおっとりしているけど、セックスのときは情熱的なんだよね」

くるみは腕を組み、うんうんと頷く。

（たしかにこの子、一見、草食系に見えて、意外と好き者なんだよな。うおー、ち×

ぽを振り回される）

酔い痴れている玲遠の姿に、見るからに肉食系の紗理奈が声をあげる。

「負けてられませんわ。先輩、わたくしのほうがいっぱい腰を使いますわ。そんなむっつりスケベ女、早く片づけてくださいませ」

「わかっている。一人ずつだ。全員やるから、順番を待っていろ」

「は〜い」

かわいい一年生たちは素直に返事をした。

昨日、強引に処女を割られたばかりの二年生たちは、まだ忸怩《じくじ》たるものがあるらしく肩を竦める。

（それにしても亜衣のオマ×コって、なんというかこうきつすぎず、柔らかすぎず、バランスがいいよな）

これぞ名器といった安心感がある。

洗眼台にしがみついて、必死に腰を振るっていた亜衣が切羽つまった声を出す。

「あ、あん、ああ、あん、先輩、わたし……もう、イ、イってしまいそう。い、いっしょにお願いできませんか……」

「ああ、わかった。俺もいっしょにイク」

「あ、ありがとう、ござい、ます。も、もう、イク、イク、イク」

プルプルと震える亜衣の絶頂に合わせて、その柔らかい尻肉を抱いた玲遠は逸物を思いっきり押し込む。

子宮口に亀頭ががっつりと嵌った状態で欲望を解放した。

ドクン！　ドクン！　ドクン！

「ふぐ、きた、いっぱい、きた……あ、ああ……」

清楚な顔をした一年生の口唇が開き、涎が洗眼台に滴った。

思う存分に射精してから、玲遠は男根を引き抜く。

「あん」

洗眼台にしがみついた亜衣は涙滴型の尻を、プール側にいる仲間たちに差し出す。

陰毛のない割れ目はピッタリと閉じていた。

「あいちん、先輩にどれくらい愛されたか見せて」

くるみの掛け声に応じて、頬を紅潮させた亜衣は尻を突き出したまま右手を後ろにやって、自ら陰唇を開いた。

ドロ、ドロドロドロ……。

生まれたての小鹿のように震えている両足の狭間に、白濁液が滝となって落ちる。

「こんなに愛していただきました……すっごい幸せです……」

「おお……」

その淫らな光景に観客は感嘆の声をあげながら、拍手した。

＊

脱力している亜衣のもとを離れた玲遠は、一匹目の牝を喰らってなおそそり立つ男根を誇示したまま、呆然と立ち尽くしていた佳乃のもとに歩み寄り、その手を取った。

「つ、次はわ、わたしってわけ……へ、変態」

愛液と精液に濡れ輝く男根を見て、佳乃は明らかに怯《ひる》んでいる。

女にしてはスラリと背が高く、よけいな贅肉がついてない。マネキンのようにスタイルがよく、その気になればファッションモデルが務まりそうな体型だ。

レズ遊びが蔓延《まんえん》していた女子水泳部の中で、もっとも堪能していた存在といえるだろう。

それだけに無理やり男の味を知らされたことに忸怩たる思いがあるようだ。

「さてと、おまえはまだ俺に拘《こだわ》りがあるみたいだからな」

嗜虐的に笑った玲遠は、ビート板を三枚ほど並べている上に、佳乃をうつ伏せにさせた。

そして、寝バックで一気に貫こうと見せかけて、いきり立つ男根を尻の谷間にドスンと乗せる。

即座に挿入されるものだとばかり思っていた佳乃は、困惑の顔を背後に向けた。

「ど、どういうつもりよ……」

「ちょっと休憩」

嗜虐的に笑った玲遠は男根を誇示するように、尻の谷間で前後させてやった。

「それともなにか、おまえもすぐにおち×ちん欲しいのか？」

「なっ⁉」

からかわれた佳乃は、悔しげに唇を噛む。

そんな二人のやり取りをくるみが論評する。

「うわ、湊先輩、エグ、あの千葉先輩におち×ちんのおねだりさせようとしているんだ」

紗理奈は自らの両肩を抱いて身悶える。

「湊先輩の、あのずっしりとしたおち×ちんをお尻に乗せられて、重さを感じせられた状態でお預けだなんて、女には耐えられませんわ」

騒がしい外野を他所に、玲遠はすっきりとした尻の谷間で男根を前後させる。

「おまえがおち×ちんいらないと言うなら、入れなくてもいいぜ。他がつかえているからな」

すかさず傍らで見ていたくるみが手をあげた。

「はいはい、ぼく欲しい」

「お、そうだな」

玲遠が、佳乃の手を離そうとしたら、逆に摑み返された。

「ま、待って」

「なんだ？」

玲遠は尻の谷間に男根を押し付けながら、耳元で囁く。

顔を真っ赤にした佳乃は、悔しそうに呟く。

「あなたが、どうしても入れたいと言うのなら、い、入れてもいいわよ」

「どうしてもというわけじゃないな。昨日、味わったおまえのオマ×コは、絶品だったからまた味わいたいんだけど、イヤだと言っている女に強要することはできないからな」

「ぐっ……、お、おち×ちん、入れてください」

誘惑に屈《くっ》した佳乃の答えに、玲遠は満足する。見守っていたくるみも莞爾《かんじ》と笑った。

「な〜んだ。千葉先輩もおち×ちんにズコズコされるの大好きなんだ」

「だ、大好きというほどではないわよ。ただちょっと、もったいないというか、その……昨日、あんたに入れられてから不思議な感覚で、もう一度ぐらい確かめてみたかったのよ」

「まぁ、そういうことなら、もう一度、味わってみてくれ」

嗜虐的に笑った玲遠は、佳乃の細く長い右足を抱え上げると、左の太腿を跨いで男根を挿入した。

「ああん」

いわゆる「燕返《つばめがえ》し」と呼ばれる体位である。

玲遠としても、女を楽しませてやりたいということで、多少の勉強はしたのだ。

女がもっとも乱れる体位は、横位だと言われている。

それを実践で確認するためにも、玲遠は腰を使った。

「あん、あん、あん、あん……」

昨日は破瓜の痛みもあって、それほど感じてくれている実感はなかったのだが、本日はしっかりと感じてくれているようだ。

左肩を下にして背筋を反らし、まるで打ち上げられたばかりの魚のように悶絶している。

口腔から涎を垂らしながら無様に喘ぐ佳乃の、顔の前に這いつくばったくるみが質問する。

「千葉先輩、湊先輩のおち×ちんの味はどうですか？」

「わ、悪くはないわね、あっ、あっ、あっ、あっ」

必死に取り繕《つくろ》おうとする佳乃の子宮を、玲遠は容赦なく亀頭で小突く。

「そ、そこは……」

ブルブルと震える佳乃に、くるみは笑いかける。

「千葉先輩。おち×ちんで子宮をグリグリされる気分はどうですか？」

「ああ、ダメ……こんな、こんなのって」

まだプライドを保とうとする佳乃の長い脚を肩に担ぎ、玲遠は腰使いを激しくする。

「先輩、気持ちいいなら、気持ちいいって叫ばないとみんなに伝わりませんよ」

「ははあん、いい、すごくいいの、オマ×コがいっぱいに広がって、ああ、この充実感。たまらないわ！　いい、いい、いいの、気持ちいい、気持ちいい、気持ちいい」

日頃のクールビューティぶりはどこへやら、すっかり痴女に堕ちてしまった。

男嫌いで知られた女の、牝オチ姿にプール中から笑い声があがる。

「あはは、千葉先輩やっと素直になった。やっぱ湊先輩のおち×ちんでパコパコされるの最高だよね」

「ああ、気に入ってもらえて嬉しいよ」

くるみと頷きあった玲遠は、嬉しくなって思いっきり腰を振るった。

「ああ、そんな、ダメ、こんなの、こんなのって初めて、あああ、ああ、ああ、おかしくなる。頭が馬鹿になっちゃう～」

（くー、単純な締まりのよさという意味ならこいつが一番締まるのかもな。気持ちいい）

男嫌いであった女が、自分の男根によってすっかり目覚めた光景に満足した玲遠は、欲望をぶちまけた。

ドビュッ！　ドビュッ！　ドビュッ！

「ひぃぃぃぃぃぃ！　中に熱いのがかかる！　かかっている！　もうらめぇぇぇ！」

激しくのけぞった佳乃は、男根を抜かれたあと勢いよく潮を噴いてしまった。

その後も、玲遠は一年生と二年生の女子水泳部員をプール場の至るところで犯していった。

(やば、これってけっこう、きつい)

プール場にいた女の子の半数が終わった頃、つまり六連発したことで、無限の体力があると思われた玲遠の足元がふらついた。

＊

そこに紗理奈が手招きする。

「先輩、こちらにお座りになってください」

指し示されたのはプールのスタート台だ。

競泳用水着なのに、まるでレースクイーンのような存在感を放つ、この一年生は、同時にもっともセックスアピールの激しい女の子である。

その意味で、他の少女を押しのけてでも求めてくると思ったのに、ここまで順番待ちしていたのは意外だ。

戸惑いながらも玲遠は、言われたままに腰を下ろす。

紗理奈は、玲遠の膝を開いて、その前にかがみ込む。

「うふふ、わたくしは浅ましくおち×ちんにむしゃぶりつくだけの下品な女たちとは違いますわ。愛しい殿方には、尽くす女ですの」

そう嘯いた紗理奈は、自慢のロケットおっぱいを両手で持ち上げると、男根を挟んできた。

「おお」

「じっくりと疲れを癒してくださいませ」

クイ、クイ、クイ……。

健康的な乳房の狭間で男根が扱かれる。

(こ、これは……いい)

いままで連続で味わった六個の膣洞は、どれも素晴らしかったが、さすがに六連発すると飽きがくる。

そこにきてのパイズリは新鮮な歓びとなって、玲遠を包み込んだ。

「さりなちんいいなぁ～」

指を咥えたくるみが、羨ましげな声をあげる。

たしかに中学生体型のくるみにはできない御業《みわざ》だ。

「うふふ」

パイズリ奉仕をしながら、紗理奈は勝ち誇った顔になっている。

見かねた玲遠は、スタート台に腰をかけたままくるみを手招きした。

ご主人様に呼ばれた犬のように喜んで寄ってきたくるみの腰を抱いた玲遠は、その唇を吸う。

「う、うむ、うむ……」

「まぁ」

パイズリ中の紗理奈は、頭上の光景を見上げて少し頰を膨らませたが、口唇を開くと赤い舌を伸ばし、胸の谷間から飛び出た亀頭部をペロペロと舐めだした。

(こいつ、おち×ちんへの奉仕の仕方がハンパねぇ)

好きこそものの上手なりけれ、といったところだろうか。紗理奈の舌技は絶品であった。

玲遠は感謝の意味を込めて、右手でパーマのかかった茶色い頭髪を撫でてやる。同時に左手でくるみの股間に指マンを施す。

クチュクチュクチュ……。

「ああ、ダメぇぇぇ」

くるみの股間からは熱い雫がとめどなく溢れ、嬉しそうに男根にしゃぶりついた紗理奈は、洋梨型の尻をクネクネと揺らす。

ふと目を向けると、順番待ちをしている女たちや、終わった女たちが暇に任せてプールで泳いでいる。

全員、素っ裸であり、パイパンだ。

(なんて光景だ。まるで王様にでもなったみたいだな)

満足のなかで玲遠は再び射精した。

「あん、湊先輩のザーメン、美味しいですわ」

紗理奈は猫のように精液をペロペロと舐め食べる。

(こいつらかわいいな)

いくら本人が尽くす女だと自称していても、まさかパイズリをしてもらって満足したからといって放置するわけにはいかないだろう。

玲遠はスタート台に紗理奈とくるみを並べて、二人とも犯す。

いい箸休めになったが、パイズリがあったぶん、射精回数が一回増えてしまった……。

＊

「はぁ……はぁ……はぁ……」

十二人の女の子を満足させないといけないのだ。

体力的に、水泳の練習よりもきつい。

（十二人連続ってヤバ、気持ちいいけどもう、おち×ちんに感覚ねぇ……）

しかし、やるからには全員の女の子を満足させてやらないのは、失礼というものだろう。

十一人の女に中出しした玲遠は、最後の独りのもとにたどり着く。

「三戸……」

重力に完勝しているハードグミおっぱいに手を伸ばす玲遠に向かって、梓は呆れた顔で応じる。

「あんたまだやる気？　どんだけ絶倫なのよ」

「おまえのオマ×コ味わってないのに、やめられるはずがないだろ」

意地でもやり切るといった様子で目が座っている玲遠に、梓は処置なしといった顔で身を預けてきた。

それを抱きしめたまま、玲遠は仰向けに倒れる。

「三戸、悪い……」

「なによ？」

戸惑う梓に、並べたビート板の上に仰向けになった玲遠は懇願した。

「やっぱり疲れた。ち×ちんは勃っているから、おまえが上になって動いてくれ」

「はぁ？　なによ、その態度。あんたがやりたくないなら、わたしは別に興味はないわよ」

身を起こそうとする梓の手を、玲遠は必死に押さえる。

「いやいや、俺はやりたい。おまえのオマ×コに入れたいの。だから頼む」

十一人の女を犯してなおそそり立つ男根を見て、梓は溜息をつく。

「死んでも知らないわよ。男ってやりすぎると腎虚《じんきょ》とかいうやつになって死ぬんじゃないの？」

「おまえに殺されるなら本望《ほんもう》だ」

「その台詞、ぜんぜん恰好よくないから。まぁいいわ、水泳部主将としての威厳を見せてあげるから、覚悟しなさい」

なんだかんだ言って付き合いは古いのだ。玲遠が意地になって水泳部の女子全員とやろうとしていることを察したのだろう。

半脱ぎとなっていた灰色の競泳用水着を脱ぎ捨てた梓は、素っ裸となって玲遠の腰の上に跨ってきた。

「これを、入れる……ん？　入った」

昨日に続けての二度目の挿入。しかも自分から入れるのは初めてだ。梓は緊張に身を硬くしながらも蹲踞《そんきょ》の姿勢で男根を呑み込む。

「これで動けばいいのよね」

「ああ、頼む」

「いくわよ。絞り取ってやるわ。部長として負けていられないからね」

口角を吊り上げた梓は、腰を動かしはじめた。

最初こそ慎重であったが、次第に慣れてきたのだろう。二つのハードグミおっぱいを、ボインボインとものすごい勢いで上下させはじめた。

「おお」

まるでロディオ。その予想以上に凄《すさ》まじい腰使いに玲遠は魅せられる。

「あはは、これって意外といいわ。あはは、きっもちいい～～～」

初めての騎乗位体験に、梓はハイテンションになっている。

(ヤバイ、最後に一番ヤバい女を残しちまったのかも。おち×ちんを引っこ抜かれそう)

玲遠は戦慄したが、部長の荒腰を周りで観察していた女子部員たちも同じだ。

「さすが部長。すごい腰使いです」

亜衣が口元に手を当てて、目を大きく見開いて硬直している。

「ええ、わたくしもあそこまで激しく腰を使う自信がありませんわ」

紗理奈まで脱帽するほどだ。

「梓って真面目だから、やるときはほんと徹底するのよね」

呆れ顔の佳乃は肩を竦めた。

(く、こいつのオマ×コ、予想はしていたけど締まりがよすぎる。ざらざらの襞が絡みついてくる。これってミミズ千匹とかいうやつなんじゃね、あ、もうダメ、搾り取られる)

ドビュ、ドビュ、ドビュ……。

「ああ、きた、きちゃった。熱いのきちゃった。ああ、あたしもイク〜〜〜」

膣内射精をされた梓は反り返り、白いハードグミおっぱいを天井に向かって跳ね上げながら絶頂した。

＊

「はぁ……はぁ……はぁ……」

手あたり次第に十二人の美少女たちと楽しんだ玲遠は、十二キロの遠距離練習を終えたあとのように息を切らせて、ジャグジーバスで仰向けになった。

両手両足を広げて大の字となり、水に浮かぶ。

（もう、一滴もでねぇ）

疲れ切ってはいたが、やり切ったという充実感もある。

「先輩、お疲れ様～」

「ほんと信じられない絶倫ね」

十二人の女子たちもジャグジーバスに入ってきて、玲遠の周りに侍る。

女の子たちはみな正座をして、玲遠の背中の下に膝を入れてきた。そして、全身に手を這わせてくる。

「今日はもう、出ないぞ。すっからかんだ」

男根は情けないまでに萎《しお》れ切っていた。

しかしながら、十二人の女子水泳部員はまだまだ元気が有りあまっている。

「またまた、先輩ならすぐに復活しますよ」

根拠なく励ました女の子たちが、玲遠の体を包み込む。

「うふふ、体力バカのあんたにも限界ってあるのかしら？」

玲遠の頭上に回り込んで正座した梓が、後頭部を太腿の上に抱えたようだ。玲遠の視界に重力に完勝する勢いのあるおっぱいが庇《ひさし》のように突き出していた。

「先輩、口寂しくありませんか」

紗理奈が自慢のロケットおっぱいを、玲遠の口元に持ってきた。玲遠は反射的に咥えてしまう。

「あ、ずるいです。先輩、わたしのおっぱいも楽しんでください」

玲遠の右手を取った亜衣が、自らの柔らかいプリンおっぱいを握らせてきた。

それに対抗した少女が、玲遠の左手を自らの乳房に押し付ける。

両足の裏にも、それぞれ別の少女が自慢の乳房を押し付けてきたようだ。

さらに両手両足も乳房で挟まれる。

「こらこら、あなたたち少しは自重しなさいよ」

部員たちを窘めた梓であったが、自分も頭上から乳房を押し付けてきた。

おかげで玲遠の顔が、乳房によって完全に塞がれる。

(なにこれ、おっぱいに包まれて身動きがとれねぇ)

玲遠の全身がすべて柔らかい乳房で挟まれたかのような錯覚に陥った。

「あら、こいつ男のくせに乳首が立っているじゃない。こいつやっぱり変態なんじゃない」

「ほんとだ、男でも、おっぱいで感じるのかな？」

スレンダー美人の佳乃と、中学生体型のくるみは乳房に自信がなかったのだろう。

他の少女たちのように乳房を押し付けてくることはなかった。

代わりに玲遠の胴の左右に侍って、両の乳首を突っついたり、扱いたりしてくる。

「……」

口も利けない状態で、ピクピクと痙攣することしかできない男の体を見下ろしつつ、女の子たちは楽しげに会話をしている。

「おち×ちん、大きくならないね。やっぱり限界なのかな？」

「ふっ、思春期の男の子は無限の精力があるっていうわ。女が絞れば絞るだけ出るって。十発なんて当たり前。一日に二十発も出せるみたいよ。まして、湊だよ」

「そうだよね。湊先輩ならまだまだできるよね。早く大きくならないかな」

女の子たちの無邪気な会話に、玲遠は戦慄する。

(無茶を言うな)

しかし、玲遠の心の声はまったく通じない。

「これから部活のときには、これぐらいやりまくりましょうね」

「うんうん、毎日これだけの女を相手にしていれば、いい体力作りになるでしょ。来年こそは全国大会優勝いけるかも」

好き勝手な女の子たちの感想に、玲遠は声なき声で訴える。

(これを毎日とか無理。絶対に無理。おまえら、俺を殺すつもりか!)

玲遠の心の声とは裏腹に、柔らかい女肉に包まれた男根は、みるみる大きくなって、水面から潜水鏡のようにそそり立ってしまった。

「あは、大きくなった」

「さすが先輩。期待を裏切りませんね」

歓声をあげた女の子たちの手が男根を摑み、扱き、睾丸を弄る。

そんなさなか、プール場にはさらなるモンスターがやってきた。

＊

「あはは、久しぶりに古巣に遊びにきてみたら、すごいことになっているわね」

黒いスパッツ型の競泳用水着をきた肩幅の広い、立派な体型の大女だ。

「ここって湊くんのハーレムだったのね」

呆れた声を出したのは、カチューシャで前髪をあげて富士額を晒し、黄色い縁の眼鏡をかけ、紺色のスクール水着をきた色白むっちりお姉さんだ。

「あ、成田先輩、班目先輩お久しぶりです」

この夏、水泳部を引退した前主将の成田明美と元マネージャーの班目香生子であった。

さすがは三年生。二人とも二年生よりも成熟した肉体美である。

「今日は暑いから、遊びにきたんだけど、あなたたちみんな湊の女になっちゃったの？」

「はい、先輩たち、聞いてください。こいつ、女子水泳部員を全員食べたんですよ」

梓のチクリに、香生子が笑う。

「さっすが、湊くん。わたしたちの鍛えた男ね」

「はは、成り行きと言いますか」

冷や汗を流しながら言い訳をしようとする玲遠を無視して、明美は豪快に笑う。

「帰りにこっそり楽しませてもらおうと思ったけど、そういうことならあたしたちもこの場で参加させてもらおう」

「そうね、早いにこしたことはないわ」

明美は黒いスパッツ型の競泳用水着を、香生子はスクール水着をそれぞれ豪快に脱ぎ捨てた。

バインッと擬音が聞こえてきそうな爆乳があらわとなる。

明美のほうが筋肉質で、香生子は女らしい柔らかさに満ちていた。とはいえ、いずれも女らしい凹凸に恵まれている。

たった一年違うだけで、女の体はこうも違うのか、と感心してしまうほど二年生たちと成熟度の違う。まして、一年生たちでは太刀《たち》打ちできない女体美だ。

素っ裸となった最上級生たちは、スイカおっぱいとメロンおっぱいを誇示するように腰に手をかけて気取ったポーズをとる。

当然ながら、二人とも陰毛は立派に茂っていた。

「湊くん、わたしたちも楽しみたいわ。それとももう年増はお呼びじゃないかしら？」

香生子の挑発に、玲遠は女肉の湖から立ち上がり、岸にあがった。

「なにをバカなことを。先輩たちのおっぱいもオマ×コも俺の大好物ですよ」

玲遠は両腕に、明美と香生子を抱き寄せた。

玲遠の腕に抱かれながら明美は、男の肩越しにジャグジーバスに残っている後輩たちに声をかける。

「うふふ、湊を男にしてあげたのは、あたしたちなのよ」

「そうそう、湊くんのおち×ちんを楽しむ優先権はわたしたちのほうがあるわ」

明美と香生子は、手慣れた仕草で玲遠を抱きしめつつ、交互に接吻を楽しむ。

そんな引退した先輩たちの得意げな顔に、現役の水泳部員たちはカチンときたようだ。

「わたしたちにさんざん女の味を教えておいて、自分たちは男も楽しんでいたんですか？」

憤懣《ふんまん》やるかたないといった顔で、佳乃が立ち上がった。

「ええ、恩返しさせてもらわないとね」

梓をはじめとした二年生がみな続く。

「お手伝いしますわ」

「ニシシ、面白そう」

「そ、そうですね。湊先輩は譲れません」

紗理奈、くるみ、亜衣ら一年生六人も続く。

「ちょ、ちょっとおまえたち！　この数は！」

「ああん、ダメ、わたしたちはもうレズは卒業したの。湊くんのおち×ちんを楽しみにきたのよ」

成熟した肉体を誇る三年生二人組は、それぞれ六人の下級生に全身を舐め回され、トロットロになってしまった。

(うわー、エロ)

いつも主導権を持っていくお姉さまたちが、すっかり翻弄されている姿に気をよくした玲遠は、二つの膣穴に男根を行き来させる。

「ああ、湊のおち×ちん、またすごくなった」

「ああん、これ、これ、これよ、これが忘れられないの。おっきくて最高！」

歓喜する二人の先輩の犯し心地に玲遠は酔い痴れる。

（二人ともトロットロでふわふわで、やっぱ大人の女って感じがするよな。成田先輩のほうが締まるけど、班目先輩のほうが隅々《すみずみ》までくっつく感じでいい）

最後の力を振り絞って玲遠は、年上の極上ボディを堪能した。

「ああ、もう、もう、もうダメ」

「湊くん、湊くんのおち×ちんすごすぎるわ、あああ」

玲遠の腰使いというよりも、十二人の後輩に全身を舐め回された効果によって、三年生たちは白目を剝き、涎を噴きながら絶頂した。

玲遠は初めに明美の膣内に射精し、途中で強引に止めて香生子の膣中に入り直して最後まで射精した。

（はぁ〜、気持ちよかった。もう今日はでない……本当におち×ちんを酷使《こくし》しすぎた）

精根《せいこん》尽きた玲遠は仰向けに倒れ、女肉の布団に沈み込んだ。

その頭を撫でながら明美が口を開く。

「実は今日はわたしたちだけじゃないんだよね……あなたたち入って来ていいわよ」

明美の声に促されて、競泳用水着に身を包んだ成熟した女性がさらに四人も姿を現した。

「あ、先輩たち、お久しぶりです」

頬を輝かせた佳乃が、驚きの声をあげる。

それは明美たちといっしょに引退した三年生たちであった。

「いや〜、明美と香生子が湊を食ったと聞いて、あたしたちも混ぜてもらおうと思ってきたんだけど、まさか女子水泳部みんながやられているとはね」

「まったく、さすがあたしたちの後輩だね。ドスケベばかりだ」

「湊、わたしたちもおち×ちん食べたいなぁ〜」

三年生の充実ボディのお姉さまたちが、競泳用水着の肩紐を外して、大きな乳房を見せつけてくる。

幻惑《げんわく》された玲遠は、喘ぎながら頷く。

「も、もちろん、俺なんかでよろしければ喜んでやらせていただきます」

限界だったのに、さらに絞り出したばかりだ。そこにさらに四人。普通なら不可能である。

しかし、体育会系の世界にとって先輩の指示は絶対だ。というのは建前《たてまえ》で、三年生の充実ボディを食べないなどという選択肢を選べるはずがなかった。

渾身の力を振り絞って、四人の先輩の処女を美味しくいただく。

（こんな部活動を毎日続けるのか？　……来年こそ新入部員を勧誘しないと、俺は死ぬかも）

しかし、この淫らなマーメイドたちをだれにも決して譲りたくはなかった。

◎本作品の内容はフィクションであり、登場する個人名や団体名は実在のものとは一切関係ありません。

◉新人作品**大募集**◉

マドンナメイト編集部では、意欲あふれる新人作品を常時募集しております。採用された作品は、本人通知のうえ当文庫より出版されることになります。

【応募要項】 未発表作品に限る。四〇〇字詰原稿用紙換算で三〇〇枚以上四〇〇枚以内。必ず梗概をお書き添えのうえ、名前・住所・電話番号を明記してお送り下さい。なお、採否にかかわらず原稿は返却いたしません。また、電話でのお問い合せはご遠慮下さい。

【送付先】 〒一〇一‐八四〇五 東京都千代田区神田三崎町二‐一八‐一一 マドンナ社編集部 新人作品募集係

僕専用《ぼくせんよう》ハーレム《はーれむ》水泳部《すいえいぶ》 濡《ぬ》れまくりの美処女《びしょじょ》

二〇二三年六月十日 初版発行

著者◉竹内けん【たけうち・けん】

発行◉マドンナ社
発売◉二見書房
東京都千代田区神田三崎町二‐一八‐一一
電話 〇三‐三五一五‐二三一一（代表）
郵便振替 〇〇一七〇‐四‐二六三九

印刷◉株式会社堀内印刷所 製本◉株式会社村上製本所 落丁・乱丁本はお取替えいたします。定価は、カバーに表示してあります。

ISBN978-4-576-23059-7 ◉Printed in Japan ◉©K. Takeuchi 2023